동사록
東槎錄

통신사 사행록 번역총서 8

동사록

윤순지 지음
독서당고전연구원 옮김

東
槎
錄

보고사
BOGOSA

　이 시집은 조선조에서도 드물게 개인시집으로 편찬된 문집이다. 아마도 양사언의 『봉래시집(蓬萊詩集)』 외에는 그 유래를 찾아보기 힘든 경우일 것이다. 그만큼, 시인으로서의 위치가 인정되었다는 사실을 말해 주고 있는데, 삼당시인 이래로 전문 시인의 존재가 부각되던 단계에서 나타난 일로 보인다. 조선초 송시풍의 대안으로 나타난 새로운 사조가 당풍이었다면, 이 당시풍에 대한 또 다른 대안이 행명재에 의하여 창도된 사실이 확인된다.

　이번, 『동사록』 제하로 출간되는 『행명재시집』 제3권은 1642년(인조 20) 통신사(通信使)로서 일본(日本)에 다녀올 때 지은 시가 주로 실렸다. 행명재는 1627년(인조 5년) 호란 때, 부친 윤훤(尹暄)이 체찰부사(體察副使) 겸 평안도관찰사(平安道觀察使)로서 성천(成川)으로 후퇴하였다는 이유로 투옥되어 강화도(江華島)에서 효수(梟首)되는 참화를 입은 후로 10년 간 세상과 등지고 지내다가 인조 14년(1636) 병자호란 때 남한산성(南漢山城)으로 호가(扈駕)한 이후, 부교리(1637년 2월), 동부승지(1637년 6월), 충주목사 등을 역임하고 1640년(인조 18년) 좌부승지로서 문안사가 되어 청 태종을 문안하러 심양으로 다녀온 뒤, 통신사로서 일본에 가게된 바, 이 『동사록』은 단순한 기록 보고의 문서라기보다는 생애의 굴절을 겪으면서 침잠했던 시세계를 새로이 펼쳐 보이는 하나의 시사(詩史)로서 성격이 강하다. 해평 윤문의 어른들께 전문한 바로는, 서포 김만중 모부인이 가학을 전수 받은 맥락이 선조 부마인 조부 해숭위(海崇尉) 윤신지 (尹新之)로부터 시작되지만, 시작(詩作)과 관련된 계통에는 행명재의 영향이 깊게 미쳐 있었다고 한다. 당대 최고의 문장가였던 월정(月汀) 윤근수(尹根壽)께 인정받았던 행명재 문재(文才)의 바탕에는 광범위한 독서가 자리하고 있다. 또 다른 전문 가운데에 선영이 계신 장단 고지(故地)에 살지 못하고 파주로 이거할 때에 배로 몇 척분의 서적을 운송하였다는 것인데, 시집만 보더라도 도처에 역대 시인들의 유향이 끼쳐 있을 뿐만 아니라, 유·불·도교를 아우르는 사상의 혼체를 목도하게도 된다. 특히, 가문의 참화 탓인지 불교에 경사한 면모를 보이기도 하는데 이쪽 전고에 대한 주석은 초역자인 조기영 씨 등이 불교에 해박한 덕을 보았다.

한시사에 정심하지 못한 처지에 시집을 정독하면서 느낀 감회가 허락된다면, 삼당시인 – 실학파 시인 – 학청(學淸) 시인(紫霞 申緯 이래)의 계열이 20세기 초두의 근대 시인에 연결되는 맥락에 대하여 거론하고 싶다. 근대 시인들의 서정적 내면화는 식민지 시기의 암울한 현실이 계기가 되었다는데 이런 현실 대응의 면모가 행명재로부터 비롯되지 않았는가 하는 점이다. 대상에 대한 정치한 관찰과 선명한 언어 표출을 어디에서든 보여주는 행명재의 면모를 대하면서 전통 한시의 영향이 근대시에 드리운 발단을 명확하게 볼 수 있기 때문이다. 일본이라는 이국 풍물은 현실과 일정한 거리를 가지는 여유를 마련하여 주었다는 점에서 외래 영향의 추적을 또 다른 방향에서 시도해 볼 수 있는 계기도 행명재의 시집에서 찾을 수 있다는 생각이다.

이 시집의 번역을 출간하면서 한시사가 재정립될 뿐만 아니라 근대시 형성에 끼친 한시의 영향이 재평가되기를 바란다. 현세와의 불화가 작시의 계기가 되는 운명에 대한 자각이 근대시의 태동이 된다는 멋진 가설에 지레 가슴을 설레이면서 독자 제현의 진전된 논의와 비정을 기대해 본다. 끝으로, 이 시집의 가치를 제고하도록 전작에 들어가게 해주신 연세대 허경진 교수께 사의를 표하며, 늘 고전 자료의 발굴에 헌신적인 보고사 김흥국 사장님과 편집실 제위께 충심 어린 감사를 드린다.

2018년 6월 초순
독서당고전교육원장 윤덕진 씀.

차례

행명재시집 권3 – 동사록 涬溟齋詩集 卷之三 – 東槎錄

일러두기

1. 연세대학교 중앙도서관 소장 판각본을 저본으로 하였다.

2. 번역문 원문 병기 방식으로 편집하였고, 영인본을 책 뒤에 첨부하였다.

3. 가능하면 일본의 인명이나 지명을 일본어 발음으로 표기하였다.

4. 시문이나 편지글 혹은 부득이한 경우에는 한자음 표기를 그대로 두었다.

5. 고증할 수 없는 인명이나 지명도 한자음으로 표기하였다. 재판을 낼 때마다 수정 보완하고자 한다.

해제*

행력

왕력		서기	간지	연호		연령	기사
선조	24	1591	신묘	萬曆	19	1	태어나다.
~	~	~	~	~	~	~	從祖父 尹根壽에게 受學하다.
광해군	4	1612	임자	萬曆	40	22	司馬試에 합격하다.
광해군	12	1620	경신	泰昌	1	30	庭試에 丙科로 급제하다.
광해군	13	1621	신유	天啓	1	31	7월, 가주서로 재직하다.
인조	1	1623	계해	天啓	3	33	7월, 정언으로 재직하다.
인조	2	1624	갑자	天啓	4	34	6월, 정언이 되다. 이후 지평, 부수찬이 되다.
인조	3	1625	을축	天啓	5	35	2월, 정언이 되다. 이후 부교리, 헌납을 지내다.
인조	4	1626	병인	天啓	6	36	10월, 교리가 되다.
인조	5	1627	정묘	天啓	7	37	2월, 부친 尹暄이 體察副使 兼 平安道觀察使로서 胡亂時 成川으로 후퇴하였다는 이유로 투옥되어 江華島에서 梟首되다. ○ 동생들과 坡山 別墅에서 守制하다.
인조	7	1629	기사	崇禎	2	39	5월, 예조 정랑이 되었으나 사양하다. 이후 嘯詠自適하며 지내다.
인조	14	1636	병자	崇禎	9	46	호란이 일어나자 南漢山城으로 扈駕하다.
인조	15	1637	정축	崇禎	10	47	2월, 부교리가 되다. ○ 6월, 동부승지가 되다.
인조	17	1639	기묘	崇禎	12	49	5월, 忠州 牧使 재직 중 탄핵받다.

---

* 필자 : 김경희(金炅希) – 한국고전번역원 한국문집총간 해제

인조	18	1640	경진	崇禎	13	50	8월, 좌부승지로서 問安使가 되어 淸 太宗을 문안하러 瀋陽에 가다.
인조	19	1641	신사	崇禎	14	51	9월, 대사간이 되다.
인조	20	1642	임오	崇禎	15	52	1월, 병조 참의로서 通信使가 되어 일본에 가다. ○ 11월, 還朝하다.
인조	21	1643	계미	崇禎	16	53	4월, 도승지가 되다. ○ 9월, 대사간이 되다. ○ 10월, 대사성이 되었다가 도승지가 되다.
인조	22	1644	갑신	順治	1	54	3월, 京畿 監司가 되다.
인조	23	1645	을유	順治	2	55	5월, 대사헌이 되다. 이후 병조 참판이 되다.
인조	24	1646	병술	順治	3	56	9월, 대사성이 되다.
인조	27	1649	기축	順治	6	59	효종 즉위 후 12월에 도승지가 되다.
효종	1	1650	경인	順治	7	60	1월, 동지경연을 겸하다. 이후 이조 참판, 병조 참판, 도승지를 역임하다.
효종	2	1651	신묘	順治	8	61	6월, 대사헌 겸 예문제학이 되다. ○ 11월, 대제학이 되다.
효종	3	1652	임진	順治	9	62	1월, 대사헌이 되다. ○ 6월, 開城 留守로서 도둑 李愛男의 일을 잘못 密啓한 일로 체직되다.
효종	4	1653	계사	順治	10	63	2월, 도승지가 되다. ○ 윤7월, 京畿 監司가 되다.
효종	5	1654	갑오	順治	11	64	1월, 李元龜의 獄事를 신속히 처리하지 못한 일로 徒配의 명을 받아 황해도 延安으로 귀양 가다.
효종	7	1656	병신	順治	13	66	윤5월, 서용되어 도승지가 되다.
효종	8	1657	정유	順治	14	67	1월, 宣祖實錄修正廳 堂上이 되다. ○ 10월, 冬至兼謝恩副使가 되어 燕京에 가다.
현종	1	1660	경자	順治	17	70	5월, 孝宗實錄纂修廳 堂上이 되다. ○ 11월, 예조 참판이 되다.
현종	2	1661	신축	順治	18	71	윤7월, 지의금부사로서 정언 元萬里의 탄핵을 받다. ○ 12월, 관상감 제조로서 寧陵의 奉審을 게을리한 죄로 파직되다.
현종	4	1663	계묘	康熙	2	73	12월, 공조 판서가 되다.

현종	5	1664	갑진	康熙	3	74	2월, 한성부 판윤이 되다. ○ 3월에 우참찬, 7월에 좌참찬이 되다. ○ 12월, 경기 감사 때의 일로 파직, 추고되다.
현종	7	1666	병오	康熙	5	76	9월 30일, 졸하다. ○ 長湍 盤龍山 先塋에 장사 지내다.
영조	1	1725	을사	雍正	3	-	증손 尹沆이 江西에서 문집을 간행하다. (尹淳의 識)

기사전거 : 墓表(尹淳 撰, 白下集 卷6) 朝鮮王朝實錄 등에 의함.

편찬 및 간행

저자는 정묘호란 이후 초야에 묻혀 있던 10여 년 간 하루도 시(詩)를 쓰지 않은 날이 없었다고 할 정도로 많은 시작(詩作)을 하였으나 원고를 거의 남겨 놓지 않았고, 문(文)도 남겨 놓은 것이 거의 없었다. 그나마 남은 시고(詩稿)를 처음 정리한 것은 양자 윤전(尹塼)이었다. 윤전(尹塼)은 가장(家藏) 초고(草稿)를 바탕으로 시를 수집, 1692년경 외족(外族)인 박세채(朴世采) 등에게 산정(刪定)을 부탁하여 간행하려 하였다. 이때 박세채는 저자의 유지(遺志)를 따른다는 입장에서 초고(草稿)의 1, 2할만 취할 정도로 정선(精選)하여 산정(刪定)하고 발문(跋文)까지 써 두었으나 윤전 등의 죽음으로 실제 간행이 이루어지지는 못하였다.

그 후 1725년 증손 윤항(尹沆)이 강서(江西) 현령(縣令)으로 나가게 되자 이곳에서 문집을 간행하고자 하였다. 이에 당시 부제학으로 있던 종증손(從曾孫) 윤순(尹淳)에게 편차를 부탁하니, 윤순이 이미 박세채가 산정해 놓았던 유고(遺稿)를 바탕으로 시집(詩集)을 6권(원집 5권, 속집 1권)으로 편찬하여 강서(江西)에서 목판으로 간행하게 되었다.《초간본》이 본은 현재 연세대학교 중앙도서관(811.19-행명재)에 소장되어 있다.

윤순은 이조 판서로 있던 1728년에는 평안도 관찰사로 나간 윤유(尹游)와 함께 5대조(代祖) 윤두수(尹斗壽)의 문집인「오음집(梧陰集)」을 중간(重刊)하기도 하였으니, 세고(世稿)를 정리하고 간행하는 작업의 일환으로 본집도 간행한 것으로 보인다.

이후의 중간(重刊) 기록은 남아 있지 않다.

본서의 저본은 1725년 목판으로 간행한 초간본으로, 연세대학교 중앙도서관장본이다.

> 기사전거 : 跋(朴世采 撰), 識(尹淳 撰), 梧陰集跋(尹淳 撰, 白下集 卷10)
> 등에 의함.

저본의 구성과 내용

본집은 시집(詩集)으로 원집(原集) 5권, 속집(續集) 1권 합 3책으로 구성되어 있다.

맨 앞에 박세채(朴世采)의 발(跋; 1629년)이 실려 있고, 그 뒤에 권1의 목록(目錄)이 있다. 목록은 각 권별로 들어 있다.

원집 권1~5는 시(詩) 490여 제(題)를 시체(詩體) 구별없이 대체로 저작 연대순으로 편차하였다. 권1은 주로 1627년(인조 5) 부친이 효수(梟首)당한 뒤 10여 년 동안 파산(坡山) 별서(別墅)에서 지낼 때 지은 시들이다. 권2는 1639년(인조 17) 충주(忠州) 목사(牧使)가 되었을 때부터 이듬해 문안사(問安使)로서 심양(瀋陽)에 다녀올 때까지 지은 작품들이다. 권3은 1642년(인조 20) 통신사(通信使)로서 일본에 다녀올 때 지은 시가 주로 실렸다. 권4는 그 이듬해 이후 도승지, 경기 감사 등 내외(內外)의 관직을 역임할 시절 지은 작품들이다. 권5는 1654년(효종 5) 연안(延安)으로 도배(徒配)될 때부터 이후 돌아와 1657년 동지겸사은부사(冬至兼謝恩副使)로서 연경(燕京)에 다녀올 때, 그리고 그 이후 만년(晩年)의 작품이 실려 있다. 전체적으로 특히 서정시(敍情詩)가 많으며, 서경시(敍景詩)도 다수 실려 있다. 사신(使臣) 시절의 작품들을 제외하면 조익(趙翼), 정홍명(鄭弘溟) 정(情) 등에 대한 만시(挽詩), 신익전(申翊全), 신익성(申翊聖) 등과 나눈 시, 외직이나 사신으로 떠나는 이들에게 지어준 증별시(贈別詩) 등이 여러 수이며, 월과(月課)로 지은 〈소상팔경(瀟湘八景)〉 4수도 실려 있다.

초역 : 조기영, 이진영, 강영순

교열 : 윤호진, 윤덕진

행명재시집 권3
涬溟齋詩集 卷之三

조령¹에서 최생의 시에 차운하다 이하 계미년 《동사록²》이다

鳥嶺次崔生韻 已下癸未 《東槎錄》

많은 봉우리를 어찌 다 오를 수 있으리오!	羣峯郘可極
계곡에 흐르는 물소리조차 다 듣지 못하니.	流水不堪聞
지팡이를 짚고 붉은 골짜기³에 들어서서	杜杖臨丹壑
머리 돌려 흘러가는 흰 구름을 바라보도다.⁴	回頭望白雲
관문 보루⁵ 곳곳마다 웅장하게 둘러있고	關防蟠地壯

---

1 조령 : 충청북도 괴산군 연풍면과 경상북도 문경군 문경읍 사이에 있는 고개로 새재[鳥嶺]라고도 부른다. 교령(嶠嶺)·초점(草岾)·신령(新嶺)이라고도 한다.

2 동사록 : 윤순지(尹順之, 1586~1669)가 인조 21년(1643)에 통신상사(通信上使)로 일본에 갔다 오면서 지은 시문을 엮은 것이다.《조선왕조실록》인조 44권, 21년(1643) 1월 6일에 의하면, 병조참의 윤순지(尹順之)를 통신상사(通信上使), 전한(典翰) 조경(趙絅)을 부사(副使), 이조정랑 신유(申濡)를 종사관으로 삼았다고 하였다.

3 붉은 골짜기 : '단학(丹壑)' 붉은빛이 나는 골짜기로, 선경(仙境)을 의미한다.

4 흰 구름 바라보도다 : '망운(望雲)'은 흰 구름을 바라보는 것으로 고향을 그리워함을 말한다. 당나라 두보(杜甫) 〈객당(客堂)〉에 "늙은 말은 끝내 흰 구름을 바라보고, 남쪽 기러기는 마음이 북쪽에 있구나.[老馬終望雲, 南雁意在北.]" 하였다.

5 보루 : '관방(關防)'은 관문(關門)을 만들어 외적을 방어하는 보루(堡壘)를 말한다.

호서[6]지방 영남지방 산을 두고 나눠져 있네.	湖嶺隔山分
발 아파도 도리어 피로함을 잊게 되나니	病脚還忘倦
한발 두발 오르다 벌써 저녁햇살 비치도다.	登登已夕曛

---

6 호서 : 충청도 지역을 말한다. 특히 제천 의림지 서쪽 충주와 청주 지역을 가리키는 말
이다. 일반적으로 벽골제(碧骨堤)를 중심으로 서쪽을 호서, 남쪽을 호남이라고 이른다.

조령을 가는 길에
鳥嶺道中

오래 전에 나귀 타고 지나갔는데[7]	宿昔騎驢過
지금에는 부절[8] 잡고 가고 있구나.	今來杖節行
다시 머물러 새로 취해 시 짓는데	更留新醉墨
이내 옛날 제목에다 이어가는구나.	仍續舊題名
길 험해도 몸은 오히려 굳건하고	路險身猶健
산색 기이해 눈이 더욱 밝아지네.	山奇眼倍明
산수자연 볼수록 싫증나지 않아서	林泉看不厭
고삐 놓고 가파른 산 올라가도다.	縱轡陟崢嶸

---

7 나귀 타고 지나갔는데 : '기려객(騎驢客)'은 보잘것없는 관직에 부임하는 것을 말한다.
《행명재시집》 권2 〈용추(龍湫)〉에서 "하늘 맑은 날에 조령으로 걸어가서, 환한 대낮에 용
추 계곡에 도착했네.[晴天行鳥嶺, 白日到龍湫.]라고 하였으며, 또《행명재시집》 권2에 〈등
조령(登鳥嶺)〉이 있다.
8 부절 : '장절(杖節)'은 모절(旄節), 곧 부절(符節)을 잡는다는 뜻으로, 사신의 임무를 받
들고 가는 것을 말한다.

안동에 머물며 두 수
次安東 二首

식은 재 뒤적이나 불씨 지피지 않고	坐撥寒灰氣未舒
문발 너머 산 나무에 빗줄기 후둑후둑.	隔簾山木雨踈踈
외딴 성에 나팔[9]소리 한밤 지나 들리는데	孤城畫角三更後
푸른 바다 사행길이 만 리 넘게 남았구나.	滄海前程萬里餘
험난한 세상살이[10] 이 몸 아직 건재한데	畏路形骸今尚在
고향 소식 근래에는 어떠한지 궁금하네.	故園消息近何如
하늘가에 떨어져 헤어진 한 남아있어	天涯多少分離恨
새로 시를 얻어내어 붓을 적셔 쓰도다.	拈得新詩泚筆書

---

9 나팔 : '화각(畫角)'은 옛날 관악기로 서강(西羌)으로부터 전해졌으며, 모양이 나팔[竹筒]과 같은데 표면에 채색이 있어서 화각이라고 한다. 또는 군대에서 사용하는 쇠뿔 모양의 나팔이나 대나무나 가죽 따위로 만든 나팔의 일종을 가리키기도 한다.

10 험난한 세상살이 : '외로(畏路)'는 외도(畏途)와 같은 말로 험난한 세도(世道), 곧 세상살이를 비유하는 말이다.

골짜기에 구름 노을[11] 볼수록 새롭고	峽裏煙霞望裏新
온 성안에 경치 좋은 봄날[12] 만났구나.	一城光景屬芳辰
산 구름 해를 가려 이내 비를 뿌리고	山雲障日仍成雨
산골 새는 꽃 다투랴 사람을 안 피하네.	谷鳥爭花不避人
천리 밖에 높이 올라 술 가지고 있는 곳에	千里登高携酒處
평생 동안 병이 많아 벼슬살이 지친 몸일세.	百年多病倦遊身
시름 속에 멋대로 먹물 적신 붓을 잡고	愁中謾把淋漓筆
수풀 동산 무르익은 봄경치에 보답하네	報答林園爛熳春

---

11 구름 노을 : '연하(煙霞)'는 구름 노을이나, 물안개나, 산수 또는 산림이나, 홍진(紅塵)의 속세를 가리키는 말이다.

12 좋은 봄날 : '방신(芳辰)'은 아름답고 좋은 시절을 가리키니, 온갖 꽃이 피어 향기로운 봄날을 말한다. 남조(南朝) 때 양(梁)나라 심약(沈約)의 〈반설부(反舌賦)〉에서 "이달에 꽃다운 날을 대하다[對芳辰於此月]"라고 하고, 당나라 진자앙(陳子昻)의 〈삼월삼일연왕명부산정(三月三日宴王明府山亭)〉에서 "늦봄 아름다운 달이요, 상사일 꽃다운 날이라.[暮春嘉月, 上巳芳辰.]"이라 하여 3월을 가리키기도 하였다.

부사가 보여준 시에 차운하다
次副使示韻

조경[13] 공(趙公絅)

궁정[14]에서 여러 해 붓 놀리던 솜씨로	香案多年揮翰手
역정 누대에 오늘 몸을 기대 있도다.	驛亭今日倚樓身
다투어 우러를 풍도가 전대[15]할 만한데	爭瞻標格堪專對
부끄럽게도 성글고 게을러서 뒤로 물러선 게라네[16]	自愧疎慵托後塵
주머니 속 송곳이라 한들[17] 어찌 웃음 면하겠나?	錐偶處囊寧免笑
선비는 알아주는 이 만나야 함께 뜻 펼치는 게니.	士逢知己合求伸

---

13 조경(趙絅) : 1586~1669. 자는 일장(日章)이고, 호는 용주(龍洲)·주봉(柱峯)이며, 본
관은 한양(漢陽)이다. 윤근수(尹根壽)의 문인으로 1623년 인조반정 이후 천거되어 형조좌
랑·목천현감 등을 지냈다. 1636년 병자호란이 일어났을 때 사간으로 척화를 주장하였다.
이듬해 집의로 일본에 청병하여 청나라를 공격할 것을 상소했으나 받아들여지지 않았다.
그 뒤 응교(應敎)·집의(執義) 등을 역임하고, 1643년 통신부사로 일본에 다녀와서 기행문
을 저술하였다. 저서로《용주집》23권 12책과《동사록(東槎錄)》이 있다.

14 궁정 : '향안(香案)'은 향옥안(香玉案)이라고도 하며, 승지(承旨)처럼 궁정에서 임금을
모시는 관리를 향안리(香案吏)라고 한다.

15 전대 : '전대(專對)'는 단독으로 응대함이니, 사신 가서 혼자 때에 따라 응답하는 것을
말한다.《논어》〈자로(子路)〉에 "시 삼백을 외워도 정사를 맡겨 통달하지 못하고, 사방
나라에 사신 가서 혼자 응대하지 못한다면, 비록 많이 외운들 또한 무엇 하겠는가?[誦詩三
百, 授之以政, 不達, 使於四方, 不能專對, 雖多, 亦奚以爲?]"라고 하였다.

16 뒤쳐진 게라네 : '후진(後塵)'은 앞으로 나갈 때 뒤에서 일어나는 먼지를 말하니, 다른
사람의 뒤에 있는 것을 비유하는 말이다.

17 주머니 속 송곳이라 한들 : '추우처낭(錐偶處囊)'은 추처낭중(錐處囊中)과 같은 뜻으로,
송곳이 주머니 속에 있더라도 구멍을 비집고 나오듯이 재주와 지혜 있는 사람은 반드시
자기의 본색인 실력을 드러낸다는 말이다.

맑은 가을¹⁸ 일 마치고¹⁹ 돌아오게 되면은   清秋完璧歸來路
조정에서 최고 인물 되리라고 뽐내겠지.   擬詫朝中第一人

---

18 맑은 가을 : '청추(淸秋)'는 음력 8월을 가리키는 말이다.

19 일 마치고 : '완벽(完璧)'이란 흠이 없는 구슬이라는 뜻으로, 완전하고 아름다운 사람이
나 물건을 가리키거나 처녀를 비유하는 말이다. 또한 완벽귀조(完璧歸趙)의 준말로, 《사
기(史記)》〈염파인상여열전(廉頗藺相如列傳)〉에 의하면, 중국의 춘추전국시대 조(趙)나라
의 유명한 신하 인상여(藺相如)가 화씨의 벽옥(璧玉)을 가지고 진(秦)나라에 갔다가 완전
하게 다시 가지고 돌아왔다는 고사이다.

영천[20] 조양각[21]에서 편액의 시에 차운하다
永川 朝陽閣 次板上韻

복사꽃 지자 제비 처음 돌아오고	野桃纔落燕初回
강가 누각 아스라히 저녁노을 받고 있네	江閣迢迢傍晚開
찾으려던 꾀꼬리가 슬쩍 날아가고	選樹乍看黃鳥出
발 걷으니 드문드문 흰 구름 오네.	捲簾時許白雲來
모래펄 향긋한 풀 시 재료 되어주고	沙邊芳草供詩料
물가에 흐르는 놀 술잔에 드는구나.	波際流霞入酒盃
이름난 곳마다 시 짓지는 못하여	未向名區酬宿債
사행 깃발[22] 멈추고는 머뭇거리네.	蹔停征旆爲遲回

---

20 영천 : 지금의 경상북도 영천(永川)을 말한다.
21 조양각 : 경상북도 영천시 창구동의 금호강에 있는 누각으로, 명원루(明遠樓) 또는 서세루(瑞世樓)라고도 부른다. 고려 공민왕 12년(1363)에 당시 부사였던 이용이 세웠는데 임진왜란 때 불타버려 인조 16년(1638)에 다시 세운 것이다. 누각 안의 편액에는 기문 15편과 시 63편이 새겨져 있는데, 포은 정몽주의 〈청계석벽(淸溪石壁)〉을 비롯하여 김종직(金宗直)·이이(李珥)·박인로(朴仁老)·유방선(柳方善)·서거정(徐居正)·이행(李荇) 등의 시작품이 있다.
22 사행 깃발 : '정패(征旆)'는 옛날 관리들이 멀리 사행 갈 때 가지고 가던 깃발을 말한다.

계림[23]에서 되는대로 적다
雞林謾記

흰 머리 여린 붓으로 남쪽 행차 기록하며	白頭搦管記南征
이르는 강과 산마다 글 다듬어 이루도다.	到處江山琢句成
만 리 밖을 오래 달려 모든 길이 익숙하고	萬里長驅當熟路
초봄이라 좋은 계절 활짝 갠 날 만났구나.	一春佳節屬新晴
예전 왕조 문물 잇는 천년 왕업 땅이요	前朝文物千年地
옛 저자[24] 경치 고운[25] 반달 모양 성[26]이라.	古井煙花半月城
말 멈추고 흥망 자취 찾아보려 하는 차에	駐馬欲尋興廢跡
저녁 구름 부슬비에 감정을 못 이기겠네.	暮雲疎雨不勝情

---

23 계림 : 신라 탈해왕(脫解王) 때부터 부르던 신라(新羅)의 다른 이름인데 경주의 별칭으로도 쓰인다.

24 옛 저자 : '고정(古井)'은 옛날 시정(市井)을 뜻한다.

25 경치 고운 : '연화(煙花)'는 남기와 안개가 자욱한 속의 꽃을 가리키거나, 아름다운 봄날 경치를 말한다. 남조 양(梁)나라 심약(沈約)의 〈상춘(傷春)〉에 "아름다운 봄빛이 금원에 들었고, 안개 봄꽃 켜켜 굽이를 둘렀도다.[年芳被禁籞, 煙花繞層曲.]"라고 하였다. 이백의 〈황학루송맹호연지광릉(黃鶴樓送孟浩然之廣陵)〉에 "옛 친구가 서쪽으로 황학루를 떠나가니, 아름다운 봄날 삼월에 양주로 내려가도다.[故人西辭黃鶴樓, 煙花三月下揚州.]"라고 하였다.

26 반달 모양 성 : '반월성(半月城)'은 경상북도 경주시 인왕동에 있는 신라의 도성을 말한다. 성 모양이 반달 같다고 하여 반월성(半月城)이라 하고, 또는 신월성(新月城)이라고도 한다.

용당[27]에서 주인집에 써주다
<u>龍堂題主家</u>

세상에 어느 누가 이런 삶을 살겠는가?	世間誰得此生涯
산음 마을 도사[28] 집보다 훨씬 낫도다.	較勝山陰道士家
두렁 이어진 큰 밭이 새벽 비에 촉촉하고	連陌甫田滋曉雨
시냇가 높은 누각에 아침노을 눈부시네.	趁溪高閣絢晨霞
바위에 솟는 샘이 마당가 대나무를 에워싸고	巖泉近遶庭邊竹
이끼 낀 길은 난간 너머 꽃밭으로 이어졌네.	苔徑斜通檻外花
한가하게 지내며 아무 일 없다더니	見說閒居無一事
날마다 종들에게 뽕밭 삼밭 일 시키네.	日敎僮僕理桑麻

---

27 용당 : 기우제를 지내는 사당으로 경남 양산시 원동면의 가야진사(伽倻津祠)를 가리킨
다. 원래 적성용당(赤城龍堂)이라고 하여 고을 남쪽 22리에 있었는데 세종 때 상류로 옮
겼다.

28 산음 마을 도사 : 진(晉)나라 왕휘지(王徽之)가 산음현에 은거하며 『도덕경』을 써 주고
거위를 얻어온 고사 속의 인물이다.

동래[29]에 도착하여 느낀 회포
到東萊感懷

이제 땅끝 이르렀지만	今到地窮處
행차 아직 안 끝났네.	此行猶未休
봉래산은 만 리 밖인데	蓬山萬餘里
바다 위에 작은 배 하나.	滄海一扁舟
신선 땅 간다고 하지만[30]	縱有乘桴地
고국 떠난 시름 없겠나?	寧無去國愁
아침에 살쩍 어루만지니	朝來撫雙鬢
갯버들[31] 금방 시든 꼴.[32]	蒲柳已驚秋

---

29 동래 : 오늘날 부산시 동래 지역을 말한다.

30 신선 땅 간다고 하지만 : '승부(乘桴)'는 대나무로 만든 작은 뗏목을 타는 것을 말한다.
《논어》〈공야장(公冶長)〉에 "도가 행해지지 않으면 뗏목을 타고 바다를 떠다니리라.[道不
行, 乘桴浮於海.]"라고 하였으니, 혼탁한 세상을 피하여 숨어드는 것을 말한다.

31 갯버들 : '포류(蒲柳)'는 갯버들로 가을이 되자마자 시들어버리는데, 여기서는 몸이 늙
거나 쇠약해짐을 비유한다. 남조 송나라 유희경(柳義慶)의 《세설신어》에 "갯버들의 자태
는 가을을 보면 떨어지고, 소나무 잣나무의 자질은 서리를 맞아도 더욱 무성하다.[蒲柳之
姿, 望秋而落, 松柏之質, 經霜彌茂.]"라고 하였다.

32 금방 시든 꼴 : '경추(驚秋)'는 가을이 쏜살같이 닥쳐오거나, 신속하게 시들어 버리는
것을 비유하는 말이다.

울산 선위각[33]에서
蔚山 宣威閣

푸른 바다 봉산[34]에서 길 잃지 않아	碧海蓬山路不迷
시흥 타고 신선 사다리[35] 오르도다.	偶乘詩興躡仙梯
성 머리 채색 누각에 새 구경감 있어서	城頭畫閣增新賞
깁으로 덮은[36] 옛날 제영을 둘러보누나.	壁裏紗籠撫舊題
난간 앞에 꽃 곱고 꾀꼬리 꾀꼴꾀꼴	當檻穠花鸎恰恰
섬돌 비춘 봄 햇빛[37]에 풀잎이 어울더울.	映階遲日草萋萋
농가에선 다행히도 나라의 무사함 만나	村家幸得官無事
곳곳마다 농부 노래 들밭에서 들리도다.	處處農謳起野畦

---

33 선위각 : 울산 병영성(兵營城) 안에 있는 객사를 말한다. 울산 병영성 안에는 우물 일곱
곳과 도랑 두 곳이 있으며, 군창(軍倉)·동융루(董戎樓)·선위각(宣威閣)·조련고(組練庫) 등
이 있다.
34 봉산 : 울산을 다르게 부른 이름. 신선이 사는 봉래산이라는 의미를 겹쳐서 표현하였다.
35 신선 사다리 : '선제(仙梯)'는 신선세계에 오르는 사다리를 말한다.
36 깁으로 덮은 : 귀한 사람이나 유명한 선비가 쓴 벽 위의 제영(題詠) 흔적을 깁으로 덮어
서 높이 존경하는 뜻을 나타내는 것으로, 뒤에 시문이 출중하다는 찬사로 쓰였다.
37 봄 햇빛 : '지일(遲日)'은 《시경》〈칠월(七月)〉에서 "봄 햇빛이 느릿느릿.[春日遲遲.]"이
라 하여 봄날에 비치는 햇빛을 가리킨다.

동래객관에 붙임
題東萊館

너른 바다 아득하게 만 리 밖에 열려있고	巨浸茫茫萬里開
큰 붕새 날아 간 데 삼색 구름 쌓여있네.	大鵬飛盡靄雲堆
봄 깊으니 소하[38] 살던 산기슭 집이 되고	春深蘇蝦山邊宅
꽃이 피니 최선[39] 놀던 바닷가 누대이네.	花發崔仙海上臺
빼어난 곳 천년 동안 남아있는 풍광인데	勝地千秋留物色
이 몸이 오늘사 이곳으로 다시 찾아왔네.	此身今日復歸來
높이 올라 홀연히 부구공[40] 옷자락 잡고	登高悅把浮丘袂
구름노을[41] 얻어다가 소매 가득 채워 오네.	拾得煙霞滿袖廻

---

38 소하 : '소하(蘇蝦)'는 신선 이름으로 항상 흰 사슴을 타고 다니면서 금귀선인(金龜仙人)과 같이 놀았다 한다. 부산 금정산 기슭에 소하정(蘇蝦亭)이 있었으며, 지금은 소정(蘇亭)이라는 마을이 있다.

39 최선 : '최선(崔仙)'은 최씨 신선이라는 뜻으로, 신라시대 고운 최치원을 말한다.

40 부구공 : '부구(浮丘)'는 옛날 전설 속의 신선 부구공(浮丘公)을 말한다. 《문선(文選)》에 곽박(郭璞)의 〈유선시(遊仙詩)〉에 "왼쪽으로 부구의 소매를 잡고, 오른쪽으로 홍애의 어깨를 쳤네.[左把浮邱袖, 右拍洪厓肩.]"라고 하였다.

41 구름노을 : '연하(煙霞)'는 구름노을이나, 물안개나, 산수 또는 산림을 가리키는 말이다.

부산에 머물며 되는대로 읊조리다[42]
留釜山謾占

난간 돌아 동편 방에 겹문발 내리니	曲欄東畔下重簾
저물녘 솔솔바람 단청 처마로 드는구나.	落晚輕風入畫簷
시골 기생 봄단장에 진주비취 아우르고	野女春粧珠翠並
손님들 소반에는 산해진미 갖추었네.	客盤珍味海山兼
오랑캐 교역선이 금과 주석 실어오니	蠻船通貨輸金錫
바다마을[43] 살림에 쌀 소금이 지천이네.	蜒戶謀生賤米塩
고운 시구 읊어야 승지에 어울리련만	佳句恰堪題勝地
채색 붓 어찌 얻어 강엄[44]처럼 되려나?	彩毫那得似江淹

---

42 읊조리다 : '점(占)'은 구점(口占)을 가리키니 즉흥적으로 입으로 읊조려서 시를 짓는
것을 말한다. 구호(口號)'라고도 한다.

43 바다마을 : '연호(蜒戶)'는 바닷가 마을을 말한다. 본래 '연(蜒)'은 오랑캐의 일종이다.
《삼재도회(三才圖會)》에, "연만에는 세 종족이 있는데, 하나는 어연(魚蜒)으로 낚시질을
잘하고, 다른 하나는 호연(蠔蜒)으로 바다에 들어가 굴 조개를 잘 잡고, 또 다른 하나는
목연(木蜒)으로 나무를 베어 과일을 잘 딴다."고 하였다.

44 강엄 : 남조시대 문장가 강엄(江淹)은 세상에 문명(文名)을 크게 떨친 인물이다. 강엄
이 늘그막에 꿈속에서 곽박(郭璞)이라 자칭하는 사람을 만나 자신의 다섯 가지 채색의
붓을 주고 난 뒤로 문재(文才)가 없어졌다고 한다.

부산 산마루에 올라 마도[45]를 바라보며
登釜山絶頂望馬島

팔방 어두운 속에	八極冥濛裏
외로운 성 아득하고.	孤城縹緲間
땅 끝나 오직 바다뿐	地窮唯有水
하늘 멀고 산도 없네.	天遠更無山
주만[46]도 이르기 어렵고	周滿曾難到
진동자들 못 돌아갔네.[47]	秦童此不還
사나이 어찌 다리힘을 따지리오?	男兒郙計脚
오늘사 얼굴 딱 환하게 펴지는데.	今日合開顔

---

45 마도 : '마도(馬島)'는 대마도(對馬島)를 말한다.
46 주만 : '주목(穆滿)'은 주(周)나라 목왕(穆王)을 가리키니 성이 희(姬), 이름이 만(滿)이다. 《열자(列子)》〈주목왕(周穆王)〉에 의하면, 전설에 여덟 마리 준마(駿馬)가 끄는 수레를 타고 하루에 만 리 길을 달리며 노닐었는데, 곤륜산(崑崙山)에 올라가서 서왕모(西王母)를 만나고 서쪽 끝으로 가서 해가 들어가는 광경을 구경했다고 한다.
47 진동자들 못 돌아갔네 : 진시황(秦始皇) 때 서불(徐市)이 불사약(不死藥)을 구해온다 하고 동남동녀(童男童女) 수천 명을 거느리고 배를 타고 동쪽바다로 나간 뒤에 돌아오지 않은 고사를 말한다.

조오헌[48]에 대하여
題釣鰲軒

해 저무는 외딴 마을 비가 내리고	落晚孤村雨
피리[49]소리 옛 수루에서 들려오도다.	邊笳古戍樓
고향 그리움 슬그머니 닥쳐오고	鄕愁來黯黯
봄날 고운 빛 유유히 떠나도다.	春色去悠悠
외딴 길이 오롯이 바다로 이어지니	一路連滄海
남은 삶은 이제 흰머리로 살리로다.	餘生已白頭
뱃사공은 마음속에 아무 생각 없이	長年無意緒
기나긴 밤 타고 갈 배 수리하도다.	遙夜理行舟

---

48 조오헌 : 부산 동래 지역에 있던 객관으로 보인다. '조오(釣鰲)'는 당나라 이백이 한 재상을 찾아가서 자신을 '해상조오객이백(海上釣鰲客李白)'이라고 소개하자 재상이 묻기를, "큰 자라를 낚는데 무엇을 미끼로 하는가?" 하니 이백이 "천하에 도의가 없는 사람으로 미끼를 삼는다."고 하였다고 한다.

49 피리 : '변가(邊笳)'는 호가(胡笳)로, 옛날 변방 오랑캐들이 쓰던 악기로 피리와 비슷하다.

내산[50] 명부[51] 정덕기[52] 나리에게 부치다
寄呈萊山明府鄭德基令案

교령 너머 큰 관문 바닷가의 읍성이니	嶺外雄關海上城
한 구역 멋진 경치 봉래 영주[53] 같구나.	一區形勝近蓬瀛
누대 해자 바다 눌러 고래들[54]이 잠잠하고	臺隍壓水鯨蜺偃
망루에 오랑캐 막는[55] 창칼이 번쩍이네.[56]	樓櫓防秋劒戟明
교역물이란 남방 황금[57]과 큰 조개[58]요	物貨南金兼大貝
마을에는 푸른 귤에 유자나무 섞였구나.	人煙綠橘間蒼橙
봄을 맞아 풍악소리 들려오는 번화한 땅	靑春歌管繁華地
젊은 사또 다스림에 좋은 명성 자자하네.	年少遨頭政有聲

---

50 내산 : 오늘날 부산 동래(東萊)의 옛 지명이다.

51 명부 : 지방 장관의 별칭이다.

52 정덕기 : 정유성(鄭維城, 1596~1664)은 자가 덕기(德基), 호가 도촌(陶村), 본관이 영일(迎日)이다. 포은 정몽주(鄭夢周)의 9대손으로 1627년 정시문과에 을과로 급제하여 두루 관직을 거치고 1660년 우의정으로 고부사(告訃使)가 되어 청나라에 다녀왔다.

53 봉래 영주 : 바다 가운데 삼신산(三神山)인 봉래산(蓬萊山)와 영주산(瀛洲山)으로, 선경(仙境)을 가리킨다.

54 고래들 : '경예(鯨蜺)'는 경예(鯨鯢)인 듯하다. 경예(鯨鯢)는 고래의 수컷과 암컷을 가리키는 말로, 소국(小國)을 병탄(幷呑)하려는 흉악무도한 자를 뜻하는데, 여기서는 임진왜란을 일으킨 왜적을 가리킨다.

55 오랑캐 막는 : '방추(防秋)'는 오랑캐를 방어하는 것을 말한다. 오랑캐는 늦가을 무렵에 세력이 강성해서 추수한 곡물을 탈취하려고 쳐들어오기 때문에 그렇게 말한 것이다.

56 창칼이 번쩍이네 : 한유(韓愈)의 〈봉화배상공(奉和裴相公)〉에서 "깃발이 아침 햇빛 뚫으니 구름안개 뒤섞이고, 산이 가을 하늘에 의지하니 창칼이 번쩍이네.[旗穿曉日雲霞雜, 山倚秋空劍戟明.]"라고 하였다.

57 남방 황금 : '남금(南金)'은 남방에서 생산되는 황금으로 값이 일반 황금의 두 배가 된다고 하였다.

58 큰 조개 : '대패(大貝)'는 바닷조개 가운데 가장 크다는 거거(車渠)와 흡사한 조개로, 껍데기는 장식품으로 사용한다고 한다.

부사의 시[59]에 차운하다
次副使韻

남쪽 땅에 사행 와서[60] 또 봄날 저버리고[61]	南畝巾車又負春
요새 같은 세상에 나루 안다[62] 감히 말하랴?	敢論今世我知津
해바라기 성심으로 임금님께 보답하려 한다면	葵忱只欲酬吾主
닭뼈 점으로[63] 물귀신에게 굿함을 사양하랴?	雞卜寧辭賽水神
물고기와 용에게 뱃길 떠난다고[64] 알려주며	爲報魚龍須戒路

---

59 부사의 시 : 부사 조경(趙絅)의 《동사록》〈삼월이십육일제해신(三月二十六日祭海神)〉
에 차운하였다. "분성에 머물면서 한해 봄을 보내고, 산다락에서 날마다 바다를 바라보누
나. 누가 바람 신이 권병을 잡았다고 말했는가? 우리들이 바다 신에게 비는 것이 절로
우습구나. 햇빛이 번쩍이는 깃발에 고래가 놀라고, 우레 같은 북소리에 수달이 되레 화내
누나. 내일 아침 돛을 걸기 어렵지 않으니, 마고와 더불어 술 마시길 약속하네.[留滯汾城送
一春, 山樓日日望滄津. 誰言風伯操權柄? 自笑吾人求海神. 閃日牙旗鯨動色, 雷雲▒鼓獺回
嗔. 明朝掛席非難事, 約與麻姑酒入唇.]"

60 사행 와서 : '건거(巾車)'는 장막을 장식한 수레로 수레를 정비하여 외지로 나가는 것을
말한다. 또는 도잠(陶潛)의 〈귀거래사(歸去來辭)〉에서 "때로는 수레를 몰고, 때로는 외론
배를 노 젓도다.[或命巾車, 或棹孤舟.]"라고 하였듯이 소박한 전원생활을 의미한다.

61 봄날 저버리고 : 아름다운 봄날의 경치를 구경하지 못함을 말한다. 송나라 구양수(歐陽
修)의 〈정풍파사(定風波詞)〉에 "술을 놓고 기쁨 누리며 봄날 저버리지 말지니, 봄날이 돌
아가면 어찌 사람을 풍요롭게 할 수 있겠는가?[對酒追歡莫負春, 春光歸去可饒人?]"라고
하였다.

62 나루 안다 : '지진(知津)'은 올바른 삶의 길이나 정치의 방도를 안다는 말이다. 《논어》
〈미자(微子)〉에서 공자가 자로로 하여금 장저(長沮)와 걸익(桀溺)에게 나루터를 묻게 하였
다는[使子路問津] 고사로, 장저(長沮)는 공자가 나루터를 알 것이라고 말하였다. 공자는
세상이 혼탁하여도 숨어 살지 아니하고 세상에 나아가 사람들과 함께 하며 올바른 정치가
행해지고 올바른 도가 행해질 수 있도록 노력해야 한다고 하였다.

63 닭뼈 점으로 : '계복(雞卜)'은 옛날 점복법(占卜法) 가운데 하나로, 닭의 뼈나 계란으로
길흉화복을 점치는 것이다. 소식(蘇軾)의 〈조주한문공묘비(潮州韓文公廟碑)〉에서 "희생을
올리고 닭뼈로 점을 치며 우리 술잔 올리니, 아! 찬란하게 붉은 여지와 누런 파초실이라네.
[爆牲雞卜羞我觴, 於! 粲荔丹與蕉黃.]"라고 하였다.

다시 원숭이와 학[65]에게 성내지 말라 하도다.　　　　更敎猿鶴且休嗔

시름 속에 빼어난 시구[66] 문득 얻게 되었더니　　　愁中忽得凌雲句

잘도나 노래 불러 〈점강순[67]〉에 맞춰 주는구나.　　妙唱堪翻點絳脣

64　뱃길 떠난다고 : '계로(戒路)'는 노정에 오르다, 길을 출발하다 라는 뜻이다.

65　원숭이와 학 : '원학(猿鶴)'은 산림에 은거할 때의 자연 속의 벗을 가리킨다. 육조(六朝) 시대 송나라 공치규(孔穉圭)가 친구 주옹(周顒)이 자신과 함께 북산(北山)에 은거하다가 다시 벼슬길에 나간 것을 못마땅하게 여겨 〈북산이문(北山移文)〉이라는 글을 지어주고 주옹으로 하여금 다시는 북산에 발을 들여놓지 못하게 하였다. 그 내용 가운데 "혜초(蕙草) 장막 안이 텅 비자 밤에 학이 원망하고, 산사람이 떠나가자 새벽에 원숭이가 놀라는구나.[蕙帳空兮夜鶴怨, 山人去兮曉猿驚.]"라는 시구가 있다.

66　빼어난 시구 : 한나라 사마상여(司馬相如)가 일찍이 무제(武帝)를 위해 〈대인부〉를 지었는데, 이 글이 하늘 높이 올라 구름을 능가하는 기상이 있다고 하여 〈능운부(凌雲賦)〉라 불렸다. 그 뒤로 '능운(凌雲)'은 문장을 자유로이 구사하고 재기가 비범한 것을 비유하는 말이 되었다.

67　점강순 : '점강순(點絳脣)'은 〈점강순(點絳脣)〉 또는 〈점앵도(點櫻桃)〉라고도 하는데, 노래의 곡조나 악곡의 이름을 가리키는 말이다. 남조 양(梁)나라 강엄(江淹)의 〈영미인춘유(詠美人春游)〉에서 "흰 눈이 옥에 엉긴 모습이요, 밝은 구슬 붉은 피리 구멍에 붙였도다.[白雪凝瓊貌, 明珠點絳脣.]"라고 하였는데 노래 이름을 여기에서 취하였다. 그리고 강순(絳脣)은 붉은 색으로 장식한 피리 구멍을 말한다.

부사의 시운에 차운하여 조오헌에 대하여 짓다 세 수
次副使韻 題釣鰲軒 三首

집 짓던 그때 풀쑥 처냄을 보았는데	版築曾看闢草萊
세월이 벌써 삼십 년이 되어가는구나.	星霜今忽卅年催
풍진 속을 떠돈지라 두 살쩍 헝클어진 채	風塵浪跡蓬雙鬢
초라한 모습 나그네 심정으로 술을 마시네.	潦倒羈懷酒一盃
명 받들고 멀리 감에 뽕밭이 바다 되고[68]	玉節迥遵桑海轉
신선 뗏목 타고 감에 북두 견우 돌아가네.[69]	仙槎將訪斗牛廻
남은 삶을 떠돌다가 몸이 온통 늙게 되어	餘生南北身全老
황금 준마 그린 대각[70] 구슬피 바라보네.	悵望黃金駿馬臺

하늘 땅 아득하고 눈의 힘 다했는데	天壤茫茫眼力窮
장한 사행[71] 지금 세상 뉘와 할는지?	壯遊今世許誰同
모래밭 머리에 해 높이 떠있고[72]	沙頭已射三竿日

---

68 뽕밭이 바다 되고 : '상해(桑海)'는 상전벽해(桑田碧海)의 준말로, 뽕나무 밭이 바다로 변한다는 것은 세상이 변하고 세월이 무상함을 말한다. 창해상전(滄海桑田)·상전변성해(桑田變成海)·상창지변(桑滄之變)·창상지변(滄桑之變)이라고도 한다.

69 신선 뗏목 …… 돌아가네 : 선사(仙槎)는 은하수로 가는 신선의 뗏목으로, 사신 가는 배를 말한다. "북두 견우 돌아가네"는 사신 가는 기간이 오래임을 말함.

70 황금 준마 그린 대각 : 준마도(駿馬圖)는 보통 공신을 추모하는 대각의 그림이다. 춘추시대 연 소왕(燕 昭王)에게 황금대(黃金臺)가 있었다.

71 장한 사행 : '장유(壯遊)'는 장한 뜻을 품고 멀리 가거나, 다른 나라로 사신 가는 것을 말한다.

72 해 높이 떠있고 : '삼간일(三竿日)'은 바지랑대 세 개의 높이로 해가 떴다는 말로, 해가 세 길쯤 올라온 오전 8시 경을 말하며, 시간이 이르지 않음을 뜻한다. 소식(蘇軾)의 〈과해득자유서(過海得子由書)〉에 "문 밖에는 해가 높이 떴고, 강관에는 가을 낙엽이 진다.[門外

구름 끝에 바람 살며시[73] 이네.　　　　　　雲末微生五兩風

고을 원 손님 아껴 술동이 가져오고　　　　　地主愛人携酒榼

어르신들 흥에 겨워 시를 짓는구나　　　　　騷翁隨興寄詩筒

어부들 마음씀이 넉넉하기만 하여　　　　　偏憐漁子饒情緖

봄 맞추어 잡은 잉어[74] 나눠 주는구나.　　春網時分赤鯶公

넓은 하늘 나지막이 길상 구름 평온하고　　鵬霄低襯霱雲平

밝은 달빛 도리어 발치에서 떠오르네.　　　桂魄還從脚底生

밀리는 물결 허공에 뜨자 바람조차 일어나고　疊浪浮空風乍起

번화한 꽃 난간에 이르니 밤인데도 환하구나.　繁花當檻夜猶明

술독 앞에 발 걷으니 늦봄 경치 보이고　　　樽前捲箔三春色

하늘가 누대에 오르니[75] 오랜 세월 느끼네.　天畔登樓萬古情

짧은 글로 당장에 외적 퇴치할 줄 아니　　　尺紙可知今退敵

조주[76]의 참신한 말 긴 성보다 낫구나.　　趙州新語勝長城

三竿日, 江關一葉秋.]"고 했다.

73 바람 살며시 : '오냥풍(五兩風)'은 뱃사람들이 배의 돛대 끝에 새의 깃털 다섯 쌍, 또는 여덟 쌍을 매달아서 바람의 세기나 방향 등을 알아보고자 했던 것을 말한다.

74 잉어 : '적혼공(赤鯶公)'은 붉은 잉어를 말한다. 당나라 왕실의 성씨가 '이(李)'여서 잉어 '리(鯉)'자를 기피하여 이어(鯉魚)를 '적혼공(赤鯶公)'이라고 썼던 것이다.

75 누대에 오르니 : '등루(登樓)'는 한나라 말기에 왕찬(王粲)이 난리를 피하여 형주(荊州)에서 타향살이하면서 고향으로 돌아갈 것을 생각하며 〈등루부〉를 지은 일을 말한다. 그 뒤로 고향을 생각하거나 재주를 지니고도 때를 만나지 못함을 나타내는 전고가 되었다.

76 조주 : 당나라 때 유명한 선사로 논변을 잘하여 철취(鐵嘴), 곧 쇠 주둥이라고 불렀다. 여기서는 문장과 전대(專對)의 능력을 지닌 부사 조경을 가리켜서 한 말이다.

순상[77] 청구[78]께 받들어 화답하다
和奉巡相淸癯令案

나그네로 타향에서 만날 기약 못했는데	萍水殊方本不期
옛 친구 귀한 몸으로 휘장수레[79] 타고 있네.	故人珍重駐襜帷
등잔 앞 옛 얘기에 마음이 꿈속 같다가	燈前話舊心如夢
객사에서 헤어지자니 귀밑머리 세겠구나.	客裏分携鬢易絲
느닷없이 만나고 맞이함이 다시 이별 되니	忽漫逢迎還是別
구름 나무[80] 그리워함 견딜 수 있으랴	可堪雲樹更相思
나직히 읊조리며[81] 고운 시구 화답하려니	沉吟欲報瓊瑤句
늘그막에 심약의 시[82]가 무척이나 슬프구나.	暮景偏傷沈約詩

---

77 순상 : 임금의 명을 받고 지방으로 나가는 순찰사이니, 조선시대 병란(兵亂)이 있을 적마다 왕명으로 지방의 군무(軍務)를 순찰하던 종2품의 임시 벼슬이다.

78 청구 : 임담(林墰, 1596~1652)은 자가 재숙(載叔), 호가 청구(淸癯), 나주(羅州) 회진(會津) 사람이다. 1616년 생원, 1635년에 증광문과 병과로 급제하였다. 병자호란 때 사헌부 지평으로 남한산성에 들어가 총융사의 종사관이 되어 남격대(南格臺)를 수비하였고, 그 뒤에 진휼어사(賑恤御史)로 호남으로 갔다. 1639년 좌승지로 사은부사(謝恩副使)가 되어 청나라에 다녀왔고, 1650년 다시 사은부사로 청나라에 다녀와서 지경연사(知經筵事)를 겸하였다. 1652년 청나라 사신의 반송사(伴送使)로 다녀오다 가산에서 죽었다.

79 휘장수레 : '첨유(襜帷)'는 수레 주위에 치는 장막인데, 곧 귀한 사람이 타는 수레를 말한다.

80 구름 나무 : '운수(雲樹)'는 운수지사(雲樹之思)의 준말로, 멀리 있는 벗을 그리워하는 마음을 뜻한다. 두보(杜甫)의 〈춘일억이백(春日憶李白)〉의 "위수 북쪽 봄날의 나무 한 그루요, 장강 동쪽 해질 무렵 구름이로다.[渭北春天樹, 江東日暮雲.]"에서 유래하였다.

81 나직히 읊조리며 : '침음(沉吟)'은 혼자말로 나지막하게 읊조리는 것을 말한다.

82 심약의 시 : 심약(沈約, 441~513)은 남북조시대 양(梁)나라 사람으로 자가 휴문(休文) 이요, 박학(博學)하고 시문(詩文)에 능했으며 글씨도 잘 썼다. 심약은 친구와의 이별을 노래한 〈별범안성(別范安成)〉에서 "한 평생 젊은 날에는, 헤어져도 이전 기약 이루기 쉬웠네. 그대와 함께 늙어가면서는, 다시는 헤어질 때가 아니라네. 한 동이 술이라 말하지

또 순상에게 부치다
又寄巡相

동쪽으로 봉래산 가는 길 아득한데	東到蓬山路渺茫
지난 달 멀리 배웅하심 고마웁네.	感公前月遠相將
친구들 늘그막에 몇이나 남았을고?	親朋暮景今餘幾
헤어지는 봄밤 서름 또한 긴 것 같구나.	離恨春宵亦似長
바닷물 밀어 와 하늘에 닿으니 구름이 모두 시커멓고	積水際天雲盡黑
습한 안개 끼고 골짝에 흙비 내려 햇빛이 온통 누렇네.	
	瘴煙霾壑日偏黃
두보가 아무 뜻 없이 말했음을 알겠으니	深知杜甫無情緒
부질없이 타향이 고향보다 낫다[83] 했네.	謾說他鄉勝故鄉

마오. 내일이면 다시 잡기 어렵다네. 꿈속에서는 가는 길을 알지 못하니, 어떻게 그리움을 달랠 수가 있을까?[生平少年日, 分手易前期. 及爾同衰暮, 非復別離時. 勿言一尊酒, 明日難重持. 夢中不識路, 何以慰相思?]"라고 하였는데, 특히 "꿈속에서는 가는 길을 알지 못하니, 어떻게 그리움을 달랠 수가 있을까?[夢中不識路, 何以慰相思?]"라는 시구가 인구에 회자되었다고 한다.

83 타향이 고향보다 낫다 : 당나라 두보(杜甫)의 〈득사제소식(得舍弟消息)〉에서 "난리 뒤에 어느 누가 돌아왔는가. 타향이 고향보다 나은 거라네.[亂後誰歸得, 他鄉勝故鄉.]"라고 하였다.

부산에 머문 지 벌써 한 달이 지나 감회를 적다
留釜山已經月紀感

어호[84] 이층집 밖	漁戶層軒外
밀물 드는 외로운 성	孤城積水湄
바람 높아 파도 일어나고	風高波起立
하늘 멀리 해 낮게 떴네.	天遠日低垂
이 땅에 온지도 벌써 한 달	此地來經月
낯선 타향 떠날 때 언제인가?	殊方去幾時
오래 머무르니 좀 안타깝고	稽留多少恨
돌아갈 날 늦춰질까 저윽이 두렵네	深恐緩歸期

---

84 어호 : '어호(漁戶)'는 고기를 잡아 나라에 항상 공납하는 어민(漁民)의 집을 말한다.

내산[85]에서 되는대로 읊조리다 십오 수
萊山謾占 +五首

영남[86] 안팎에 산과 강 놓여있어	嶠南表裏有山河
사람 물건 함께 전해 구경거리[87] 많구나.	人物兼傳楚望多
더운 남방[88] 눌러앉아 동북방[89]에 서렸으며	地壓炎荒蟠析木
하늘이 큰 바다 열어 신라를 안았도다.	天開大海抱新羅
장산[90]은 일찍 이곳에 떠내려 온 나라라	萇山曾此國如萍
아웅다웅 싸우면서[91] 몇 해[92]나 이어졌나?	蠻觸乾坤閱幾蓂

---

85 내산 : 부산 동래의 옛 지명이다. 가야(加耶)의 소국(小國)으로 지금의 부산 동래 부근에 있었던 것으로 보이며, '내산국(萊山國)' 또는 '장산국(萇山國)'이라고도 하였다.

86 영남 : '교남(嶠南)'은 조령의 이남으로 영남 지방을 말한다.

87 구경거리 : '초망(楚望)'은 초나라의 구경할 만한 멋진 산천을 가리키니, 여기서는 구경거리를 말한다. 《성호사설》 〈경사문(經史門)·육종(六宗)〉에 오악(五岳) 이외에도 명산·대천의 제사가 있으니, 노망(魯望)·진망(晉望)·초망(楚望) 같은 따위가 이것이라고 하여 산천에 지내는 제사로 보았다.

88 더운 남방 : '염황(炎荒)'은 남쪽의 덥고 습기가 많으며 거친 곳을 가리키는 말로, 특히 유배지(流配地)를 말할 때 사용한다.

89 동북방 : '석목(析木)'은 12개의 궁궐 명칭 가운데 하나로, 중국 동북방의 별자리에 해당하니 연(燕)나라 지역인 유주(幽州)가 된다. 석목진(析木津)은 요동(遼東) 일대와 우리나라를 가리킨다.

90 장산 : 장산국으로 내산국(萊山國)이라고도 한다. 현재 부산 해운대의 뒷산 이름이 장산(萇山)이다.

91 아웅다웅 싸우면서 : '만촉건곤(蠻觸乾坤)'은 작은 땅 위에서 아웅다웅하며 사는 것으로, 여섯 개의 가야국을 말한다. 《장자(莊子)》 〈측양(則陽)〉에, 달팽이의 오른쪽 뿔 위에 '만씨(蠻氏)'라는 나라가 있고, 왼쪽 뿔 위에 '촉씨(觸氏)'라는 나라가 있는데, 서로 내 땅이라며 서로 싸우다가 수만 명의 사상자를 냈다고 하여 와각지쟁(蝸角之爭)이라고 하며, 자잘한 일로 서로 옥신각신 다투는 것을 말한다.

92 몇 해 : '명(蓂)'은 명협(蓂莢)풀로, 요(堯) 임금 때 났다는 상서로운 풀이름이다. 초하루부터 보름까지 매일 한 잎씩 났다가, 열엿새부터 그믐날까지 매일 한 잎씩 떨어졌으므

문헌이 지금에 남아있지 않나니　　　　　　文獻世間今泯絶

바닷가 남은 터엔 묏부리만 푸르구나.　　　海濱遺址數峯靑

봉래산 성[93] 밖으로 바닷물이 어둑어둑　　蓬萊城外海冥冥

금정산 범어사[94] 바라보니 푸르구나.　　　金梵山容望裏靑

지나간 천년 세월 찾아볼 곳 없는데　　　　往事千年無覓處

목동들 아직도 〈정과정[95]〉을 부르네.　　牧童猶解鄭瓜亭

부산의 멋진 경치 하늘 솜씨 같나니　　　　釜山形勝類天成

만력 연간 비로소 진영을 설치했네.[96]　　萬曆年中始設營

빚진 장수[97] 변방요새[98] 중함을 모르니　　債帥不知邊閫重

로 이에 의거하여 달력을 만들었다고 한다. 작은 달에는 마지막 한 잎이 시들기만 하고
떨어지지 않았다고 하여 달력 풀 또는 책력풀이라고 했다.

93 봉래산 성 : '봉래성'은 부산 영도구 신선동3가 산3번지에 있는 봉래산의 성을 말한다.

94 금정산 범어사 : '金梵山(금범산)'이라는 산은 없고 부산 금정구 및 북구와 양산 동면
경계에 금정산(金井山)이 있으며, 북동쪽 기슭에 문무왕 18년(678)에 의상대사가 창건한
범어사(梵魚寺)가 있는데, 예전에 금정산을 금범산이라 불렀거나, 금정산과 범어사를 아
울러 지칭한 듯하다.

95 정과정 : 고려시대 의종 때 정서(鄭叙)가 동래(東萊)로 귀양 와서 임금을 생각하며 비
파를 연주하며 노래하였는데, 그 곡조를 〈정과정곡(鄭瓜亭曲)〉이라 한다. 과정(瓜亭)은
정서의 호(號)이다.

96 만력 연간 …… 설치했네 : '만력(萬曆)'은 명나라 말기 신종(神宗) 때(1573~1619)로 만
력 20년(1592)에 일본의 관백 도요토미 히데요시[平秀吉]가 조선의 방비를 엿본 뒤에 고니
시 유키나가[小西行長]와 가토 기요마사[加藤淸正] 등에게 수군을 이끌고 부산진(釜山鎭)
을 공격하도록 하였다. 임진왜란이 있기 전에 왜구의 침입을 미리 막기 위해 진영을 설치
한 것을 말한다.

97 빚진 장수 : '채수(債帥)'는 뇌물을 바치고 장수가 된 사람을 기롱하여 이르는 말이다.
당나라 대종(代宗) 이후 정치가 부패하여 장수들이 내관(內官)에게 많은 뇌물을 바쳐야
좋은 벼슬을 얻을 수 있었는데, 돈이 없는 장수들은 부잣집에서 돈을 꾸어 뇌물을 바치고

봄풀만 빈 성에 가득히 깔렸구나.　　　　　　只看春草遍空城

하늘 밖 외딴 구름 어스름[99] 언덕에 서리니　　天外孤雲傍晚陂
최씨 신선[100] 그 때 이곳에서 서성이다가[101]　　崔仙當日此棲遲
드디어 바닷가 밋밋한 땅을　　　　　　　逐令海岸尋常地
인간 제일 가게 바꾸어놓았네.[102]　　　　點化人間第一奇

주목왕[103] 신선방술 구하던 일 우습나니　　穆滿求仙事可咍
그 때 부질없이 낭풍[104] 향해 돌아섰네.　　當時空向閬風廻
봉래산과 바다 사이 한 자 남짓 하건만　　蓬山隔水纔盈尺

좋은 벼슬을 얻은 뒤에는 백성에게 수탈하여 빌린 돈의 이자를 갑절로 갚았으므로 채수라
는 말이 생겼다.

98　변방요새 : '변곤(邊閫)'은 변방의 험하면서 중요한 요새를 말한다.

99　어스름 : '방만(傍晚)'은 해질 무렵이나 어스름한 황혼을 말한다.

100　최씨 신선 : '최선(崔仙)'은 최치원을 말한다. 해운대(海雲臺)는 신라 말엽 고운 최치
원 선생의 자(字)인 '해운(海雲)'에서 따온 것으로, 고운 선생이 벼슬을 버리고 가야산으로
가던 중 해운대에 들렀다가 달맞이 일대의 절경에 심취되어 떠나지 못하고 머무르며 동백
섬 남쪽 암벽에 해운대라는 세 글자를 새겨서 이곳의 지명이 되었다고 한다.

101　서성이다가 : '서지(棲遲)'는 실의하여 떠돌아다니는 것을 말한다.

102　바꾸어놓았네 : '점화(點化)'는 도교에서 점물성금(點物成金)을 가리키니 물질에 액체
를 떨구어 금을 만들 듯이 사물을 고치어 새롭게 하는 일이나, 고인의 시문을 취하여 본래
보다 뜻이 새로워지고 풍요롭게 함을 말한다.

103　주목왕 : '목만(穆滿)'은 주(周)나라 목왕(穆王)을 가리키니 성이 희(姬), 이름이 만(滿)
이다. 《열자(列子)》〈주목왕(周穆王)〉에 의하면, 전설에 여덟 마리 준마(駿馬)가 끄는 수레
를 타고 하루에 만 리 길을 달리며 노닐었는데, 곤륜산(崑崙山)에 올라가서 서왕모(西王
母)를 만나고 서쪽 끝으로 가서 해가 들어가는 광경을 구경했다고 한다.

104　낭풍 : '낭풍(閬風)'은 고대 전설에 곤륜산(崑崙山) 꼭대기에 있는 신선들이 사는 곳으
로, 온갖 기이한 꽃과 바위로 가득 차 있다고 하며, 낭풍(閬風) 또는 현포(玄圃)라고도
한다.

여덟 준마 어찌 일찍 이곳으로 달려왔나?	八駿何曾此地來
쌓인 대기 아득한데 사방이 열려있어	積氣茫茫四望開
산이 비단 두른 듯 바다는 이끼 덮힌 듯.	海山如錦水如苔
우리네 삶 절로 진짜 신선 풍골이니	吾生自是眞仙骨
봉래산 다녀온 길 따져보니 다섯 차례.	默數蓬萊五徃來
여러 군함 한 밤중에 돛대를 늘어놓고	艨艘舸艦夜連檣
두루 보루¹⁰⁵ 배치하는 계책이 좋구나.	布置關防計策良
이때 미리 위태함을 대비 한다¹⁰⁶ 하더니	見說此時陰雨備
고기 나물 실어내느라 오고감만 바쁘구나.	只輸魚菜徃來忙
오랑캐 배 실린 품목 모래처럼 흔하지만¹⁰⁷	蠻船物貨賤如沙
큰 조개와 남방 황금¹⁰⁸ 비단에 섞였구나.	大貝南金雜綺羅
양책에는 예로부터 큰 상인¹⁰⁹이 많다보니	陽翟自來多大賈

---

105 보루 : '관방(關防)'은 변방의 방비(防備)를 위하여 설치한 요새, 곧 보루를 말한다.
106 미리 위태함을 대비 한다 하더니 : '음우비(陰雨備)'는 하늘이 흐리고 비가 오는 데 대해 미리 대비한다는 뜻으로, 위태한 일이나 험난한 일을 미리 대비함을 이르는 말이다.
107 모래처럼 흔하지만 : "천여사(賤如沙)"는 "천함은 진흙과 모래 같고, 귀함은 금은과 벽옥 같다.[賤如泥沙, 貴如金璧.]"는 데서 나온 말로, 범부는 진흙이나 모래 같고, 부처는 금은이나 벽옥과 같다는 말이다. 여기서는 진흙이나 모래처럼 흔하고 값이 싼 것을 말한다.
108 남방 황금 : '남금(南金)'은 형주(荊州)·양주(揚州)에서 생산되는 품질이 우수한 금을 말한다.
109 양책에는 …… 큰 상인 : '양책대고(陽翟大賈)'는 한(韓)나라 양책(陽翟) 지방의 큰 상인이었던 여불위(呂不韋)를 가리키는 말이지만, 본래 이 지방에는 큰 상인이 많았다고 한다.

아가씨들 수도 없이 문 기대어 노래하네.　　　　　女娘無數倚門歌

뿔나팔[110] 삘리리리 저녁바람 희롱하고　　　　　畫角嗚嗚弄晚颸
푸른 하늘 구름 걷자 달이 눈썹 같구나.　　　　　碧天雲捲月如眉
변방 성곽 이 날은 무기 갑옷 녹일만해[111]　　　　邊城此日銷金甲
부질없이 길손[112]에게 헤어짐 하소연하네　　　　空向游人訴別離

물안개 흩날리어 한밤 창에 방울지고　　　　　　水氣霏微夜滴窓
세찬 바람 푸른 군막[113]에 불어드네.　　　　　剛風吹入碧油幢
고향땅 꿈꾸는데 누가 불러 깨우는고?　　　　　鄕關一夢誰呼覺
성 너머 파도 혼자 성벽 치고 때리네.　　　　　城外波濤自擊撞

문발 낮게 드리워진 단청 누각 그윽한데　　　　簾箔低垂畫閣深
습한 안개 숲 두르고 달은 서녘에 잠기네.　　　瘴煙籠樹月西沉
장막에서 석 잔 술[114]을 재촉하여 기울이며　　催傾帳裏三盃酒

---

110 뿔나팔 : ‘화각(畫角)’은 옛날 관악기로 서강(西羌)으로부터 전해졌으며, 모양이 퉁소[竹筒]와 같은데 표면에 채색이 있어서 화각이라고 한다. 또는 군대에서 사용하는 쇠뿔 모양의 나팔이나 대나무나 가죽 따위로 만든 나팔의 일종을 가리키기도 한다.

111 무기 갑옷 녹일만해 : 무기 갑옷을 녹인다는 말은 무기나 갑옷을 사용할 필요가 없는 태평한 시절이라는 뜻으로, 두보의 시에 “즐겨 무기 갑옷을 녹여서 봄 농사나 일삼으리라.[肯銷金甲事春農.]라고 하였듯이 무기나 갑옷을 녹여서 농기구를 만들어 농사일을 할 만한 평화로운 정경이라는 말이다.

112 길손 : ‘유인(游人)’은 이리저리 떠도는 길손이나, 유랑하는 백성이나, 노닐며 구경하는 사람을 말한다.

113 푸른 군막 : ‘벽유당(碧油幢)’은 기름 먹인 포(布)로 만든 청록색의 군막(軍幕)을 말한다.

114 석 잔 술 : ‘삼배주(三盃酒)’는 이백(李白)의 〈월하독작(月下獨酌)〉에 “석 잔 술을 마시면 큰 도에 통달하고, 한 말 술을 마시면 자연과 합일하네.[三杯通大道, 一斗合自然.]”라고

등불 앞 만 리 생각하는 마음 씻어낸다네.[115]　　　　　　　澆却燈前萬里心

지다 남은 붉은 꽃잎 가랑비에 살랑살랑　　　　　　　残紅輕雨落毿毿

산골 마을 봄 그늘이 아지랑이 뿜어내네.　　　　　　　山市春陰噴作嵐

땅밧줄[116] 매인 데에 바다도 다 했는데　　　　　　　地紀自臨滄海盡

이별 주석 아직도 〈망강남[117]〉을 부르네.　　　　　　　離筵猶唱望江南

우연히 지팡이[118] 짚고 산꼭대기 올라서니　　　　　　　偶携斑杖倚崔嵬

눈 안에 멀리 바다 모퉁이까지 들어오도다.　　　　　　目力遙窮碧海隈

소금 배 새벽 되자 다대포[119]로 돌아오고　　　　　　　塩舶曉歸多大浦

오랑캐 배 봄 들자 태종대[120]를 지나도다.　　　　　　蠻檣春過太宗臺

하였다.

115 등 앞에서 만 리 밖을 생각하네 : '만리심(萬里心)'은 고향을 그리는 마음, 또는 마음과 일이 서로 어긋나 세상과 이미 천 리 만 리 떠나 있는 심회를 말한다. 최치원(崔致遠)의 〈추야우중(秋夜雨中)〉에 "가을바람 불어 오직 괴롭게 읊조리나, 온 세상에 내 마음을 알아주는 이 드물구나. 창 밖에는 한밤인데 가을비가 내리니, 등불 앞에 내 마음은 만 리 밖을 생각하네.[秋風惟苦吟, 擧世少知音. 窓外三更雨, 燈前萬里心.]"라고 하였다.

116 땅밧줄 : '지기(地紀)'는 땅을 지탱하는 밧줄로, 지유(地維)라고도 한다. 중국 신화에 지기가 끊어지면 땅이 기울어 뒤집히기 때문에 하늘을 받드는 기둥과 땅을 지탱하는 밧줄이 있어 세상이 보전되었다고 하였다.

117 망강남 : 강물 남쪽을 바라본다는 말은 고향 전원을 그리워한다는 뜻으로, 본래는 수(隋)나라 악곡의 이름이었는데, 당나라 백거이(白居易)가 〈억강남(憶江南)〉이라는 시를 본떠 지은 뒤로 더욱 유명하게 되었다.

118 지팡이 : '반장(斑杖)'은 아롱무늬가 있는 대나무 지팡이로, 소상반죽(瀟湘斑竹)이 유명하다. 순 임금이 순행하다가 창호 땅에서 죽자 아황과 여영 두 왕후가 순 임금의 시신을 찾겠다고 이곳까지 왔으나 찾지 못하자 소상강가에서 피눈물을 흘리며 울었다. 그 피눈물이 강가 대나무에 스며들어 점점의 얼룩이 되었는데 이것을 후세 사람들이 소상반죽(瀟湘斑竹)이라 불렀다고 한다.

119 다대포 : 부산 사하구 다대동(多大洞)에 있는 항구 이름이다.

성 머리 누각은 비늘처럼 촘촘하며　　　城頭樓觀似魚鱗
성 너머 사람 집 바닷가에 모여 있네.　　城外人家住水濱
아침 볕 받은 돛배 바다 건너가려는데　　曉日風帆將涉海
밤 내 부는 퉁소 소리 바다 신에 굿하네.　　夜吹簫管賽波神

---

120 태종대 : 부산 영도구에 있는 명승지로, 신라시대 태종 무열왕이 노닌 곳으로 울창한
숲과 기암괴석이 유명하다.

종사관 신이선[121]의 시에 차운하다[122] 유
次從事申泥仙韻 濡

사방천지 사람 없고 아무 소리 없는 곳에	四無人處更無聲
시 짓는 맘 도리어 밤공기로[123] 맑아지네.	詩思還如夜氣淸
외딴 마을 비 지나니 바람결에 물결 일고	雨過孤村風送浪
황량한 수루에 피리 부니 달이 성을 비추네.	角吹荒戌月臨城
고향 가는 길이 멀어 애를 끊는 심정이요	鄕關路遠腸堪斷
푸른 바다 물결 차니 꿈도 쉽게 깨는구나.	滄海波寒夢易驚
나그네 이때마다 끝도 없이 애닯건만	遊子此時無限意
흰 구름과 향긋한 풀 변함없이 정겨웁네.	白雲芳草古今情

---

121 신이선 : 신유(申濡, 1610~1665)는 자가 군택(君澤), 호가 죽당(竹堂)·이옹(泥翁) 또
는 이선(泥仙), 본관이 고령(高靈)이다. 1641년 9월에 덕천가광(德川家光)이 후계자를 낳
았다는 소식과 함께 통신사 파견을 요청받자, 1643년 정월에 통신사 정사 병조참의 윤순
지, 부사 전한 조경, 종사관 이조정랑 신유가 삼사로 결정되고, 2월에는 삼사를 제외한
사행 인원 462명이 편성되었다.

122 시에 차운하다 : 신유의 《해사록(海槎錄)》에 실려 있는 〈주중문고취 불능착수 나라산
운[舟中聞鼓吹 不能着睡 次螺山韻]〉에 차운한 시이니, "뱃머리의 온갖 피리 변방에 진동하
고, 밤이 되자 바다 기운 맑아지게 하는구나. 달빛 흔들려 곧장 용왕 굴로 들어가고, 물결
끌어 대마도 성을 흔드누나. 이 몸은 붕새처럼 바람 타고 옮겨가고, 마음은 원거처럼 북소
리에 놀라도다. 박산향이 다 타도록 잠 이루지 못하고, 오랑캐 술로 흥얼대며 나그네 마음
달래네.[船頭雜吹動邊聲, 入夜能令海氣淸. 搖月直侵龍伯窟, 拖波遙撼馬州城. 身如鵬鳥搏
風徙, 心似爰居聽鼓驚. 燒盡博山無夢寐, 更呼蠻酒慰羈情.]"라고 하였다.

123 밤공기 : 야기(夜氣)는 잡념 없이 순수한 마음을 보존하게 해주는 밤의 청정한 기운을
말한다.(『맹자』「고자」上에 나옴.)

4월 15일 배로 가다가 바다에서 큰 바람을 만나다[124]
十五日行船洋中阻大風

이런 곳 어느 누가 오려 하겠는가?	此地人誰到
내 삶에 본디 기약하지 않았도다.	吾生本不期
켜켜이 큰 파도에 만 번 죽을 고비 넘고	層濤萬死後
해 지는 무렵에 홀로 사행 가는 때이로다.	斜日獨行時
놀던 새들이 사초 언덕에 돌아가고	野鳥歸莎岸
마을 삽살개 대나무 울에서 짖네.	村狵吠竹籬
떠도는 신세에 머물 곳 없다보니	萍蓬無着處
마음이 꺾이어 여기 멈춰 머뭇머뭇.	心折此遲遲

---

124 4월 15일 …… 만나다 : 《계미동사일기(癸未東槎日記)》에 의하면, 4월 10일에 기선(騎
船) 3척, 복선(卜船) 3척에 나누어 타고 부산을 출발했으나 파도가 높아 정사선과 5선
및 6선이 파손되어 일시 부산으로 귀항하였다고 적혀 있다.

<바다를 떠가다[125]>에 차운하다
次泛海韻

바다는 잔속의 물	滄海如盂水
부상[126]은 한 올 터럭.	扶桑似一毫
날랜 배[127] 닻줄 올리고	輕舟開快纜
만 리에 큰 파도 가르네.	萬里截層濤
둥둥 북소리[128]에 뛰던 고래 엎드리고	疊鼓奔鯨偃
쟁쟁 징소리에 숨은 악어 달아나네.	摐金蟄鰐逃
남쪽 꾀함에[129] 멀지 않음 알았으니	圖南知不遠
어찌 반드시 붕새 비상 부러워하랴?	何必羨鵬翶

---

125 바다를 떠가다 : 누구의 시인지 자세하지 않다.

126 부상 : 해가 뜨는 동쪽 바다 속에 있는 전설 속의 나무이다.

127 날랜 배 : '경주(輕舟)'는 작고 가벼우면서 빠른 배를 말한다.

128 북소리 : '첩고(疊鼓)'는 본래 입직하는 군사를 모으기 위해 대궐 안에서 북을 치던 일을
말한다. 당나라 왕유(王維)의 〈연지행(燕支行)〉에 "북소리는 멀리 한해의 파도를 뒤집고,
피리 소리 어지러이 천산의 달을 흔드네.[疊鼓遙翻瀚海波, 鳴笳亂動天山月.]"라고 하였다.

129 남쪽 꾀함에 : '도남(圖南)'은 붕새가 남쪽 바다로 가기를 도모한다는 뜻으로, 사람이
지향하는 바가 원대함을 비유하는 말이다. 《장자》 〈소요유(逍遙遊)〉에 "붕새가 남쪽 바다
로 옮겨 갈 때 물을 치는 것이 삼천리이고, 회오리바람을 타고 올라가는 것이 구만 리이며,
가서 여섯 달을 쉰다.[鵬之徙於南冥也, 水擊三千里, 搏扶搖而上者九萬里, 去以六月息者也.]"
고 하였다.

신 종사관[130]이 왜관[131]을 읊은 시에 차운하다
次申從事詠倭舘韻

쏴쏴 바람 치달리니 날아갈 듯 빠른데	颷颷風驪疾似飛
바다 마을 어린 애들 색동옷을 입었구나.	海中童丱着斑衣
배 가득히 진주조개 금은보화 싣고 와서	滿船珠貝金銀貨
입을 옷감 먹을 곡식 바꾸어 돌아가도다.	換得麻絲粟米歸

---

130 신 종사관 : 신유를 말한다.

131 왜관 : 1419년 세종 1년에 태종이 쓰시마섬 정벌로 왜관이 폐쇄되었다가 쓰시마 도주
의 간청으로 다시 설치하였는데, 1592년 임진왜란이 일어나 왜관이 폐쇄되었다. 두 나라
의 관계가 다시 개선되자 1607년 두모포에 다시 왜관을 설치하였는데, 두모포 한 곳에만
왜관을 설치하니 협소하여 교역 물량을 감당하기 힘들었고, 특히 남풍으로 두모포 포구에
배를 접안하기 어려워 서쪽 절영도 앞 초량에 왜관을 설치하여 이전하게 되었다. 이에
두모포 왜관을 구관, 초량 왜관을 신관이라 불렀다.

다대포에서 종사관의 시에 차운하다[132]
多大浦次從事韻

희미한 해 방초 섬에 기울고	微日下芳洲
푸른 바다 강물들을 삼키는구나.	滄津呑衆流
가야 할 길 천만 리	前途千萬里
사행 가는 외로운 배.	行客一孤舟
돛 올리니 바람 외려 머뭇머뭇	掛席風猶澁
노 멈춰도 비 걷히지 않네.	停橈雨不收
고향 산천 도리어 멀어진 듯하니	山河還似隔
술 가지고 누구와 더불어 마실까?	携酒與誰酬

---

132 다대포에서 …… 차운하다 : 신유의 〈병복주중 정행명(病伏舟中 呈渻溟)〉에 차운한 것
이니, "소나기가 바닷가 에 내리더니, 모래톱에 파도소리 시끄럽게 들리네. 돌 위 이끼
발걸음을 방해하고, 주옥같은 나무는 이웃 배 너머 있구나. 바다 안개는 갠 날에도 오히려
축축하고, 산 이내는 저녁에도 걷히질 않도다. 새로 짓는 시는 응당 조물주의 도움 있으리
니, 병든 저에게 선뜻 화답해 주시겠소.[片雨過汀洲, 沙喧聞急流. 石苔妨步屧, 瓊樹隔隣
舟. 海霧晴猶濕, 山嵐夕未收. 新詩應有助, 肯與病夫酬.]라고 하였다.

배에서 밤에 회포를 적다
舟夜紀懷

동쪽 바다 바라보니 뱃길 험하고도 멀어	望裏扶桑路苦迂
너른 바다 머무른 배 밤에도 자꾸 가도다.	駐篷滄海夜頻徂
파도소리에 빗소리 섞이니 무척 시끄럽고	濤聲挾雨偏喧聒
산 형색 안개에 싸여 보일 듯 말 듯하네.	山色籠煙半有無
두런거리는 어촌에선 게[133]를 거두고	人語漁村收郭索
불밝힌 오랑캐 배 물고기[134]를 잡는구나.	火明蠻舶網嫗隅
배 타들면[135] 뼛속까지 시린 것을 알지마는	從知舟楫堪酸骨
한번 꿈에 오호 지방[136] 떠다니면 어떠할까?	一夢因何泛五湖

---

133 게 : '곽삭(郭索)'은 게를 말한다. 원래 게가 기어가는 모양, 또는 게가 기어갈 때 나는 소리를 가리키는 말이다. 한나라 양웅(揚雄)의 《태현경(太玄經)》에서 "蟹之郭索, 心不一也."라고 하였으며, 사마광(司馬光)의 집주(集注)에 '곽삭(郭索)은 발이 많은 모양이다.[多足貌.]'라고 하였다.

134 물고기 : '추우(嫗隅)'는 물고기를 말한다. 남송(南宋) 유의경(劉義慶)의 《세설신어(世說新語)》에, 학륭(郝隆)이 환공(桓公)의 남만참군(南蠻參軍)으로 있을 때 시회(詩會)에서 시를 짓지 못하여 벌주를 한 잔 마신 뒤에 "물고기가 맑은 못에서 뛰도다.[嫗隅躍淸池.]"라고 하였는데, 환공이 '추우(嫗隅)'가 무슨 뜻이냐고 묻자, "오랑캐들이 물고기를 추우(嫗隅)라 합니다."라고 대답하였다. 이에 환공이 "시를 짓는 데 왜 오랑캐 언어를 사용하는가?"라고 하니, "저는 천 리 밖에서 왔으며 남만참군(南蠻參軍)이라는 벼슬을 하였으니 어찌 오랑캐 언어를 쓰지 않겠습니까?"라고 대답하였다.

135 배 타들면 : '주즙(舟楫)'은 배와 노를 말하니, 배를 운행하는 것을 가리키는데, 세상을 건지는 재상과 대신을 비유하기도 한다. 《시경》〈열명(說命)〉에 "큰 냇물을 건널 때에는 너로써 배와 노로 삼겠도다.[若濟巨川, 用汝作舟楫.]"라고 하였다.

136 오호 지방 : '오호(五湖)'는 옛날 오나라 월나라 지역에 있던 경치 좋은 다섯 개의 호수를 말한다. 월나라 범려(范蠡)가 월왕(越王) 구천(句踐)을 도와 오나라를 멸망시킨 뒤에 일엽편주를 타고 오호(五湖)로 나가서 이름을 바꾸고 은거하였으며, 그 뒤에 제(齊)나라로 들어가서 큰 부자가 되었다는 고사가 있다.

5월 초하루 대마도에 이르다
初一日到馬島

외딴 섬 봉래도 바다 속에	孤嶼蓬溟裏
이름난 곳 지축 동쪽이라네	名區地軸東
다락집[137] 신기루[138] 같고	樓居疑蜃彙
마을은 교인 용궁[139] 같네	閭里倚蛟宮
뜰에 종려 잎 푸르고	庭葉椶櫚碧
산 속에 철쭉꽃 붉네.	山花躑躅紅
신선은 망령 떨지 않으니	神仙非妄耳
지금 잠자코 쉬고 있는지?	今在默存中

---

137 다락집 : '누거(樓居)'는 누방(樓房)이라고도 하며, 이층으로 된 다락방을 말한다.

138 신기루 : '신휘(蜃彙)'는 신기루(蜃氣樓)가 성한 모양을 말한다. 옛사람들은 신기루가 큰 조개[蜃]가 뿜어내는 기운 때문에 생긴다고 생각하였다.

139 교인 용궁 : '교궁(蛟宮)'은 교인(鮫人)들이 사는 바다 속의 집, 용궁을 말한다.

또

又

바다만 너르고 땅은 없나했더니	海闊疑無地
산이 드러나며 사람도 나타나네.	山開忽有人
짧은 옷 겨우 허벅지 가리고	短衣纔掩骼
긴 칼이 몸에서 떠나지 않네.	長劍不離身
풍속은 아직 월나라만 따르고	習俗猶傳越
백성은 옛날 진나라를 피해왔네.	居民昔避秦
다투어 다가와서 사신을 맞이하고	爭來迎玉節
길을 호위하며 수레를 끌어 주네.	挾路引飆輪

대마도에서 종사관의 시에 차운하다[140]
對馬島次從事韻

땅덩이[141] 중국[142] 밖이요	地紀齊州外
사람사리 첩첩 물결 가운데에.	人煙疊浪中
누가 천리를 멀다 했는가?	誰論千里遠
한 척 돛단배로 다니는 것을.	今見一帆通
푸나무 이른 봄에 푸르고	草樹先春碧
안개 속[143] 해 붉게 솟네.[144]	煙霞浴日紅
인간에 별천지 열렸으니	寰中開別界
누가 길 뚫어 통하게 하셨나?	疏鑿是誰功

---

140 신유의 〈나산의 대마도 시를 차운하다[次螺山對馬島韻]〉 시에 차운한 것이다. "대마도가 손바닥 같이 평평한데, 외로운 성이 바다 가운데 있구나. 산하는 천지개벽 때부터 있었고, 오랑캐 중국 예로부터 통했구나. 짜디짠 땅은 흰 조수와 맞닿았고, 인어의 비단이 저자 가득 붉구나. 다락배가 한나라의 양복과 다르니, 기특한 공을 세웠다 하지 못하리.[馬島平如掌, 孤城積水中. 山河開闢有, 夷夏古今通. 鹵地連潮白, 鮫綃滿市紅. 樓船異楊僕, 未擬樹奇功.] 나산(螺山)은 박안기(朴安期; 1608~?)를 말한다. 조선 중기 천문학자로서 1643년 조선통신사의 독축관(讀祝官)으로 일본에 가서 그곳의 천문학자 오카노이 겐테이(岡野井玄貞)에게 역법을 가르쳐 주었다. 이에 오카노이 겐테이의 제자 시부카와 슌카이(澁川春海)가 1683년 일본 최초의 역법인 정향력(貞享曆)을 완성하였다.

141 땅덩이 : '지기(地紀)'는 지유(地維)라고도 하며, 땅을 지탱하는 밧줄이니 땅덩이를 말한다.

142 중국 : '제주(齊州)'는 중주(中州)와 같은 말로, 중국을 가리키는 말이다.

143 안개 속에 : '연하(煙霞)'는 구름 노을이나, 물안개나, 산수 또는 산림이나, 홍진(紅塵)의 속세를 가리키는 말이다.

144 해 붉게 솟네 : '욕일(浴日)'은 해가 처음으로 수면으로부터 솟아오르는 것을 말한다. 《회남자(淮南子)》〈천문훈(天文訓)〉에서 "해가 양곡에서 나오고 함지에서 씻는다.[日出於暘谷, 浴於咸池.]"라고 하였다.

5월 10일 가슴속의 한을 적다[145]
初十日紀恨

외딴 성 머문 지 또 열흘 지나고	留滯孤城又一旬
지친 여정[146]에 두 살쩍 다 세었네.	倦遊雙鬢揚成銀
숲 바람 가라앉자 높은 산에 구름 일고	林風乍定雲生嶂
홰나무에 비 개이자 달이 사람 따르네.	槐雨纔晴月趁人
봉래산에 해 지자 부질없이 꿈만 꾸고	日下蓬山虛有夢
뭍인지 바다인지 아득하여 길 모르네.	眼邊桑海杳無津
덧없는 인생 고달프게 공명에 억매여	浮生苦被功名縛
몸이 유독 험난한 길 자꾸 좇았네.	形役偏從畏路頻

145　5월 10일 가슴속의 한을 적다 : 《계미동사일기》에는 5월 10일에 날씨가 개었다가 저녁
에 비가 조금 내렸다고 하였다.

146　지친 여정 : '권유(倦遊)'는 지루한 객지 생활을 말하나 여기서는 지친 여정을 가리킨다.

배 안에서 부질없이 흥이 나다
舟中謾興

이렇게 자꾸 어딜 가는지?	如此更安之
하늘 한 끝 이미 다했는데.	已窮天一涯
천 년 전 사공[147]이 읊조리고	千秋謝公嘯
오늘 행명이 시 짓는구나.	今日涬溟詩
하늘 바다 멀리 드높게 펼쳐지고	二氣遙軒豁
세 산[148] 가려졌다간 사라지네.[149]	三山乍蔽虧
배[150] 타고 언덕에 가까워지면	靈槎將近岸
여러 신선들께 알려 드리리.	報與列仙知

---

147 사공 : 진(晉)의 명사인 사안(謝按)을 말한다. 사안이 손작(孫綽)과 함께 바다에 배를 타고 가는데 풍랑이 일어 다른 사람들이 모두 두려워하는데도 사안은 태연하게 시를 읊었다. 바람이 더욱 거세지자 사안은 "이와 같이 장차 어디로 가는가?(如此將安歸耶)라고 하였다. 첫 구는 사안의 이 말을 응용한 것이다.

148 세 산 : 신선이 살고 있다는 봉래산(蓬萊山)·방장산(方丈山)·영주산(瀛洲山)의 세 산을 말한다.

149 가려졌다간 사라지네 : '폐휴(蔽虧)'는 모자란 곳을 덮어 감춘다는 뜻으로, 가려지고 사라지는 현상을 말한다.

150 배 : '영사(靈槎)'는 영사(靈查)라고도 하며, 배를 말한다. 한나라 장건이 서역으로 사신 갈 때 하수(河水)의 발원지를 찾아보라는 무제의 명령에 따라 뗏목을 타고 천하(天河)까지 올라갔다 왔다는 전설이 있으므로 신령스러운 뗏목이라 하였다.

5월 18일 명호옥[151]을 출발하여 남도[152]로 향하다
十八日發鳴護屋向藍島

물결 깨치며 사행 배[153] 서두르고	破浪催征鷁
흐름에 나가 큰 자라를 끌어당기네.	臨流掣巨鰲
모름지기 약목[154]을 더위잡아서	且須攀若木
바로 신선 복숭아 따보려 하도다.	仍欲摘蟠桃
외딴 섬에 구름 안개 자욱하고	孤嶼煙霞爛
먼 하늘 바다에 해 높이 떠있네.	遙天海日高
뱃사공 바람 소식 알리자	長年報風信
징 북소리 파도 속에 들끓네.	鐃皷沸層濤

---

151 명호옥 : 일본 중부 아이치[愛知] 현 서쪽에 있는 나고야[名古屋] 시에 있었던 오와리 도쿠가와가[尾張德川] 가문의 제후 성[城下町]으로, 명고옥(名古屋)이라고도 한다.

152 남도 : 후쿠오카[福岡] 현 북큐슈[北九州] 시의 고쿠라키타[小倉北] 구에 속한 섬으로, 아이노시마[藍島], 곧 아이노시마[相島]를 말한다.

153 배 : 익(鷁)은 뱃머리에 새겨놓은 물새의 형상인데, 배를 가리킨다. 여기서는 사행선을 말함.

154 약목(若木) :《산해경(山海經)》에 나오는 전설 속의 나무 이름이다. 또는 일설에는 부상(扶桑)이라고도 한다.

박다포[155]는 박제상[156]이 절의를 지키던 곳이고, 정포은이 사신 가서 머물던 곳으로 옛일에 느낌 있어 되는대로 쓰다
博多浦 卽朴堤上就義處 鄭圃隱駐節地 感舊謾筆

박제상 살신성인 하신 곳	堤上成仁地
오천 선생[157] 부절 안고 지나갔네.	烏川擁節過
높은 충절 해와 달로 걸리고	高忠懸日月
남긴 자취 강호에 남았네.	遺跡有江湖
절의 지키기론 전횡도[158]보다 나으며	島較田橫勝

---

155 박다포 : 하카타[博多浦]는 박다진(博多津)이라고도 하며, 규슈[九州] 후쿠오카[福岡] 현 후쿠오카에 있는 항만 도시이다.《계미동사일기》에 의하면, 5월18일 명호옥(鳴護屋)에서 출발하여 남도(藍島)로 가는 도중에 남쪽 언덕 위에 흰 모래와 푸른 소나무가 수십 리를 뻗어있는데, 이곳이 박다주(博多州)의 옛날 서도(西都)로 이른바 패가대(覇家臺)였으며, 고려시대 정몽주(鄭夢周)가 사신으로 다녀갔던 곳이라고 하였다.

156 박제상 : 신라시대 눌지왕(訥祇王) 때 충신으로《삼국유사》에 의하면, 왜국에 신라를 배반한 사람인양 거짓 망명한 뒤 왕의 아우인 미해(美海)를 신라로 돌아갈 수 있게 하였다. 사실을 안 왜왕이 진심으로 자기의 신하가 된다면 큰 상을 주겠다고 했으나 "계림의 개나 돼지가 될지언정 왜국의 신하는 될 수 없고, 계림의 형벌을 받을지언정 왜국의 벼슬과 상은 받지 않겠다." 하고 자결하였다. 박제상의 부인은 매일 남편을 그리워하며 치술령(鵄述嶺)에 올라가 왜국을 바라보며 통곡하다가 죽어서 치술신모(鵄述神母)가 되었다고 하며, 망부석(望夫石)으로 남았다고도 한다.

157 오천 선생 : '오천(烏川)'은 경상북도 포항시 남구의 한 읍으로 연일(延日)의 옛 이름이며, 영일(迎日) 정씨 선조인 포은(圃隱) 정몽주(鄭夢周)를 가리킨다.

158 전횡도 : 전횡도(田橫島)는 중국 청도시(靑島市) 동쪽 노산만(嶗山灣) 북쪽에 있다. 전횡은 진나라 말엽과 한나라 초기에 제(齊)나라 왕 전영(田榮)의 동생으로 진나라와 싸우다가 전영(田榮)이 죽자 아들 전광(田廣)을 제나라 임금으로 세우고 자신은 재상이 되었는데, 다시 한신(韓信)에게 전광이 죽게 되자 제나라 왕이 되었지만 곧이어 한나라 군사에 크게 패하여 5백여 명을 이끌고 전횡도(田橫島)로 피하였으며, 그 뒤에 한나라 고조 유방의 부름에 응하여 낙양(洛陽)으로 가던 중에 머리 굽혀 신하가 되는 일을 차마 하지 못하겠다면서 자결하니 섬에 남아 있던 5백여 명의 부하들도 모두 자결하였다.

시문 남기기론 현수산[159]보다 많다네.   山方峴首多

가슴 속 담은 회포 막히지 않았나니   襟期知不隔

옛 일 흉내 내어[160] 긴 노래 부르네.   撫古一長歌

---

159 현수산 : 진(晉)나라 양호(羊祜)가 일찍이 양양태수(襄陽太守)로 있으면서 선정(善政)
을 베풀어 백성들이 양호의 덕을 사모하여, 양호가 즐겨 노닐던 현수산(峴首山)에 비(碑)를
세워서 그를 기렸다. 이 비를 바라보는 이마다 모두 눈물을 흘려서 타루비(墮淚碑)라는
별칭이 있다.

160 옛 일 흉내 내어 : '무고(撫古)'는 옛 사람이나 옛 글을 흉내 내는 것을 말한다. 여기서는
포은 〈단심가〉와 같은 충절의 노래를 다시 부른 것으로 볼 수 있음.

남도[161]를 출발하여 적간관[162]으로 향하다
發藍島 向赤間關

동틀 무렵 뱃사공[163] 불러	際曉呼三老
돛 올리고 뱃길 나서네.	揚帆赴水程
뉘 알리오 서둘러 가는 뜻?	誰知催去意
바로 돌아가고픈 마음이로다.	便是欲歸情
기오리[164]로 바람 방향 가늠하고	旗脚占風候
뱃머리에서 섬 이름을 묻는구나.	舵頭問島名
산 환한데 여름비 지나가며	山明炎雨過
구름 걷히고 아침 밀물 이누나.	雲捲早潮生
너른 바다 날아서 건넌다 해도	滄海雖飛渡
어려움을 실로 많이 겪으리라.[165]	艱難實飽更

---

161 남도 : 후쿠오카[福岡] 현 북큐슈[九州] 시의 고쿠라키타[小倉北] 구에 속한 섬으로, 아이노시마[藍島] 또는 아이노시마[相島]라고 한다.

162 적간관 : 아카마가세키[赤間關]는 야마구치[山口] 현 구마게[熊毛] 군 상관정(上關町)의 상관(上關), 중관(中關)인 방부시(防府市)와 상대되는 하관(下關) 지역으로 야마구치 현 서남쪽에 있는 도시이다. 옛날에는 적간관(赤間關) 또는 적마관(赤馬關)이라고도 불렀다.

163 뱃사공 : '삼로(三老)'는 타공(柁工)이니 두보의 〈발민(撥悶)〉에서 "長年三老遙憐汝, 捩舵開頭捷有神."라고 하였는데, 구조오(仇兆鰲)의 주에 의하면, 채주(蔡注)에는 고사(篙師)가 장년(長年)이 되고, 타공(舵工)이 삼로(三老)가 된다고 하였으며, 소주(邵注)에는 삼로(三老)는 배를 모는 사람[捩船者]이고, 장년(長年)은 상앗대를 잡는 사람[開頭者]이라고 하였다.

164 기오리 : '기각(旗脚)'은 펄럭이는 기폭 위아래의 양끝에 불꽃처럼 붙인 긴 오리를 말한다.

165 많이 겪으리라 : '포경(飽更)'은 충분하게 겪는 것을 말한다.

눈앞 풍경 저으기 위로되니   眼邊差可慰

또렷하게 봉래 영주[166] 가깝구나.   的的近蓬瀛

---

166 봉래 영주 : 봉래(蓬萊)와 영주(瀛洲)는 방장(方丈)과 함께 삼신산(三神山)이다.

이옹의 〈냉천진 충렬가〉[167]에 차운하다
次泥翁 冷泉津忠烈歌韻

높은 산 막막히 푸른 바다 아득히	崇山莫莫碧海茫茫
그 사이 건너갈 가없는 나루터.	兩地欲濟無涯津
박공[168] 나라 위해 그 아내 그를 위해 죽으니	朴公死國妻死公
아! 그 때에 공에게 아내가 나라에는 인물이 있었네.	
	嗚呼當日公有妻國有人
사내가 의리 취함 오히려 드문 일이라던데	男兒取義尙云罕
여자로서 어찌하여 곧장 몸을 버렸던가?	女嬙胡爲便亡身
구원의 썩은 뼈가 온통 사그라져가도	九原朽骨揚昧昧
공의 부부 오래도록 빛을 드리우리라.	公家夫婦垂耀千千春
오랜 세월 지나면 저절로 뒤집혀서	天荒地久自飜覆

---

167 이옹의 〈냉천진 충렬가〉: 이옹은 신유(申濡)이고, 냉천진(冷泉津)의 칠리탄(七里灘)
은 박제상(朴堤上)이 죽은 곳이다. 냉천진은 박대포 또는 석성(石城)이라고도 한다. 이
작품은 《해사록(海槎錄)》에 실려 있다. "어제 치술령을 넘고, 지금 냉천진을 지나네. 고개
위 나무 울창하여 해가 보이지 않고, 나루의 흐르는 물 넓디넓어 사람 근심하게 하네.
슬프다 신라의 박제상이여! 부부가 두 곳에서 다 순절하였네. 남편은 나라 위해 죽고 아내
는 남편 위해 죽어, 남편의 충성과 아내의 절개가 환히 천추에 빛나네. 아내는 죽어 계림의
산 위에 돌이 되었고, 남편은 죽어 박다성 아래 티끌이 되었네. 돌은 행인들을 바라보며
구를 때가 없고, 티끌은 외로운 넋과 함께 돌아가지 못하네. 내가 부르려 하나 혼은 듣지
못하고, 오직 슬픈 바람 씽씽 가시덤불에 불 뿐이라네. 박제상이 가시덩굴로 달려 높은
절의를 취하였으니, 장단 치며 애오라지 〈충렬가〉를 지어, 강가에서 한 번 노래하니 눈물이
가슴을 메우네.[昔度鵄述嶺, 今過冷泉津. 嶺樹蒼蒼不見日, 津流浩浩愁殺人. 哀哉新羅朴堤
上, 夫婦兩處俱歿身. 夫死國婦死夫, 夫忠婦烈昭昭照千春. 婦死猶爲雞林山上石, 夫歿已化博
多城下塵. 石望行人無轉時, 塵與孤魂歸不得. 我欲招之魂不聞, 唯有悲風颯颯吹荊棘. 取堤上
走棘刺上義, 擊節聊爲忠烈歌, 臨江一唱淚橫臆.]"
168 박공 : 박제상을 말한다.

바다에도 흙먼지 날릴 때가 있으나	滄海有時猶揚塵
길고 붉은 무지개 자욱이 사라지잖아도[169]	長虹赤霓鬱未洩
아주 오랜 깊은 원한 누가 알아차리려나?	萬古深寃誰得識
냉천진 모래톱 넓게 펼쳐지고	冷泉津沙浩浩
수심 띤 구름 어득히 가시나무 덮었네.	愁雲慘慘籠榛棘
훨훨 나는 외론 학이 사람 향해 우나니	翩然孤鶴啼向人
충혼이 억울함 하소하러 오지[170] 않게 하네.	莫使忠魂來對臆

---

169 희고 붉은 무지개 …… 사라지잖아도 : '장홍(長虹)'은 장홍관일(長虹貫日)의 준말로, 흰색의 긴 무지개가 해를 뚫고 지나가는 것이니, 사람이 장차 재난을 만날 하늘의 현상을 예시한 것이라고 한다.

170 억울함 하소하러 오지 : '대억(對臆)'은 억울하고 답답한 심정이나 맺힌 마음을 말하니, 가의(賈誼)의 〈복조부(鵩鳥賦)〉에 "입으로 말을 못하니, 청컨대 추측으로써 대답하리라. [口不能言, 請對以臆.]"라고 하였다.

상관[171]의 배 안에서 다시 부사의 시운으로 쓰다
上關舟中 復用副使韻

바다 어귀 절로 험한 이 겹겹 관문에	海門天險此重關
강과 바다 돌아보니 모두 천천하구나.	回顧江河總等閑
여름 아닌데도 습한 더위 불볕 같고	未夏瘴炎烘似火
갑작스런 풍랑이 산처럼 솟는구나.	不時風浪湧如山
나룻가의 잇닿은 집 모래펄에 촘촘하고	津邊蜒戶依沙密
포구 쪽에 먹구름 두텁게 뒤덮었네.	浦口陰雲羃地頑
눈앞에 보느니 우리 땅이 아닌지라	眼界可知非我土
나그네길 곳곳마다 고달피 낯빛 쇠네	客程隨處苦凋顔

---

171 상관 : 가미노세키[上關]는 야마구치[山口] 현 동남쪽에 있는 하나의 정(町)으로 실진(室津) 반도의 가장 끝부분과 주변의 나가시마[長島]·이와이시마[祝島]·야시마[八島] 외의 작은 섬들이며, 주요 도시구역은 반도의 실진(室津) 지역과 아울러 상관대교(上關大橋)가 장도(長島)와 연결되어 있다. 옛날에 에도[江戶] 시대에 일본 정부는 바다 서쪽으로부터 일본에 들어오는 배들을 검사하는 관구(關口)를 설치했는데, 곧 상관(上關)·중관(中關)·하관(下關)이 그것이다. 상관은 조선통신사 사절단이 머물게 하기 위해 건설된 최초의 항정(港町)으로 다옥관(茶屋舘)이라 일컬어지는 어전(御殿)과 객관(客舘)·장옥부(長屋敷)·번소(番所) 등을 만들었다. 어전(御殿)에서는 당시 일본과 조선을 대표하는 학자와 문인들이 서로 시문(詩文)을 주고받는 등 화려한 문화교류를 진행하였다.

관음사[172]에 붙임 일명 복선사이다
題觀音寺 一名福善寺

대방 높이 솟은 나무 빽빽 가파른 산	竹房高出鬱岩嶢
허공에 기댄 난간 흔들리는 형세로다.	欄檻憑虛勢動搖
눈앞 경계 다 들이는 하늘이 드넓으며	眼界盡收天界濶
저 아래 골짝 어귀 너머 바다가 멀구나.	洞門低壓海門遙
부상의 아침 해가 창문 앞에 솟아오르고[173]	扶桑曉日當窓浴
봉래섬[174] 붉은 구름이 자리에 날아들도다.	蓬島紅雲入座飄
달빛 서린 물가에 조각배를 띄울 만하니	銀渚秖堪容一葦
까막까치 다리까지[175] 놓을 필요 없다네.	不須烏鵲架成橋

---

172 관음사 : 일본 나가사키 현 북부의 타카시마[高島]에 있는 작은 절이다. 《계미동사일기》 5월 27일의 기록에 의하면, 고도(高島)에 이르러 배를 정박했다가 오후에 조수가 들어와 다시 배를 띄워 초저녁에 산 하나를 지나니 석벽(石壁)이 튀어나오고 그 속에 조그만 애도관음사(愛渡觀音寺)가 있어 도포(韜浦)에 배를 대니 밤이 이미 깊어 복선사(福禪寺)에 관사를 정했다고 하였다.

173 솟아오르고 : '부상(扶桑)'은 해 뜨는 동쪽 바다 속에 있다는 전설상의 신목(神木)으로, 중국의 고대 신화에 의하면 여와씨(女媧氏)가 오색 돌을 구워서 터진 하늘을 꿰매고[補天], 희화(羲和)가 감연(甘淵)에서 해를 목욕시켰다고[浴日] 하였다.

174 봉래섬 : '봉도(蓬島)'는 신선이 산다는 동해 삼신산(三神山) 가운데 봉래산을 가리킨다.

175 까막까치 다리까지 : '오작교(烏鵲橋)'는 작교(鵲橋)라고도 한다. 전설에 의하면, 음력 7월 7일 저녁에 까막까치가 하늘의 은하수를 메워 다리를 만들어 견우직녀가 건너서 서로 만나게 하였다고 한다.

간옹의 시에 차운[176]하여 홍장로[177]에게 주다 조부사[178]의 한 호이다
次鬝翁韻 贈洪長老 趙副使一號

도인의 가슴속에 큰 도[179]를 지니셔서	道人胸中吞大象
도인의 눈 아래는 고해세상 없도다.	道人眼底無苦海
부들방석 편히 앉아 현빈을 지키니[180]	蒲團宴坐守玄牝
한 숨에 천 호흡[181]도 달림이 없도다.	一氣千息還無餒

---

176 간옹의 시에 차운 : 조경의《동사록》에 실려 있는 〈홍장로구시 증이장구(洪長老求詩
贈以長句)〉에 차운한 것이다. "如來十方變滅身, 振錫蔥嶺盃東海. 海上群仙避眞詮, 龍虎金
鼎文武餒. 累沙竪石塔廟遍, 玄月靑蓮吐蓓蕾. 破顔微笑有伽葉, 我覿洪師碧眼兊. 腹蟠三車舌
如雷, 懾伏諸魔所以乃. 鐵杵爲針始出世, 黑特黃犗賴賞罪. 江戶樹起栴檀風, 蒲秦携鳩醴不
息. 今年盍分占二星, 師乃作儜侔相待. 伏犀不減澄觀骨, 度臘應非絳縣亥. 口吟碧雲傾湯休,
却使老翁去盯睟. 修容粥粥勤磬折, 蘭奢之中動文采. 冷淘湯餠又善謔, 鉅屑霏霏綴珠琲. 接塵
休問我爲誰, 我遵孔軌五十載. 橫經石渠講堯舜, 鳴佩彤庭并元凱. 彫虫篆刻不足云, 佐佑八卿
調鼎鼐. 親仁善隣古之道, 博望乘槎無少悔. 應接佳境目不暇, 慣聽風謠筆可採. 家家買綠繡聖
賢, 處處購書閑伏鎧. 禹化東漸再見今, 洹水之盟終不改. 投膠誰問道不同, 鄭縞吳帶襲蘭茝.
雨熟豆子性海淸, 從我回看眞主宰. 師乎師乎太顚師, 我非韓愈亦非猥. 月照波鑼白半臥, 世上
一塵焉得涴, 快哉世上一塵焉得涴."

177 홍장로 : '홍장로(洪長老)'는 당시 일본 승려인 홍영홍(洪永洪)이며, 법명이 균천(匀
川)이다.

178 조부사 : 조경(趙絅)을 말한다.

179 큰 도 : '대상(大象)'은 대도(大道) 또는 상리(常理)를 말하니, 노자의《도덕경》에 "큰
도를 잡으면 천하의 모든 백성이 마음을 옮겨 돌아갈 것이다.[執大象, 天下往.]"이라고
하였다.

180 현빈을 지키니 : '현빈(玄牝)'은 만물을 창조해내는 오묘한 본원적인 도(道)를 가리키
니, 천지조화의 도를 말한다. 노자의《도덕경》에 "곡신은 죽지 않으니 현빈이라 하고, 현빈
의 문은 바로 천지의 근원을 이른다.[谷神不死, 是謂玄牝, 玄牝之門, 是謂天地根.]"라고
하였는데, 하상공(河上公)의 주석에 "현은 하늘이니 사람에게 있어 코가 되고, 빈은 땅이니
사람에게 있어 입이 된다.[玄, 天也, 於人爲鼻, 牝, 地也, 於人爲口.]"라고 하여 뒤에 사람의
코와 입을 가리키게 되었다.

181 천 호흡 : 정좌법(靜坐法) 가운데 하나인 수식법(數息法)은 일호일흡(一呼一吸)을 한
숨으로 계산해서 마음으로 숨을 세는데, 일식(一息)에서 십식(十息), 백식(百息), 천식(千

맑기가 마니주[182] 같아 흐린 물 비추고	淸如摩尼照濁水
빛남이 담복화[183] 같아 붉은 꽃 피우네.	炯如薝蔔開紅蕾
스님[184] 이제 물에 솟은 연꽃 되어[185]	雲衲今成出水蓮
착한 눈[186] 문득 삼산[187] 꼭대기를 향하네.	善眼却向三山嵬
몸에 도기와 가사[188]를 길치고	身携陶土與稻畦
만 리에 배 띄우고 뱃노래[189] 부르네.	萬里浮盂歌款乃
바다귀신[190] 분주해도 주술력에 굴복하며	波神奔走伏呪功
독룡 교룡 모두가 나쁜 짓을 멀리하네.	毒龍狂蛟皆遠辠
오래도록 지혜의 칼[191] 갈고 다듬어	長將慧劍加磨礱

息)에 이르도록 일념을 가지고 다른 생각을 일으키지 않아야 한다. 만약 중간에 다른 생각에 얽매이면 처음부터 다시 센다.

182 마니주 : '마니(摩尼)'는 마니주(摩尼珠)로 보배로운 구슬을 말한다. 진(晉)나라 법현(法顯)의 《불국기(佛國記)》에 "사자국(師子國)에 보배로운 구슬이 많이 나는데, 마니주가 나는 곳이 사방 십리나 된다.[多出珍寶珠璣, 有出摩尼珠地, 方可十里.]"고 하였다. 당나라 두보(杜甫)의 〈증촉승여구사형(贈蜀僧閭丘師兄)〉에 "오직 마니주가 있어, 탁한 물의 근원을 비출 수 있네.[惟有摩尼珠, 可照濁水源.]"라고 하였다.

183 담복화 : 《산림경제》에 "치자화(梔子花)는 (일명 담복화(薝蔔花)다. 화훼류(花卉類) 중의 명품(名品)은 치자인데, 붉은 꽃이 피는 것도 있다."하였다.

184 스님 : '운납(雲衲)'은 운수납자(雲水衲子)의 준말로, 여러 곳으로 스승을 찾아 도를 묻기 위하여 돌아다니는 행각승을 말하는데 여기서는 보통 승려를 지칭하는 말로 쓰였다.

185 물에 솟은 연꽃 되어 : '출수연(出水蓮)'은 물에 솟아오른 연꽃으로, 속세에 물들지 않는 불심(佛心)을 의미한다.

186 착한 눈 : 보살, 법당, 나찰(羅刹), 귀왕(鬼王) 등을 수호하는 혜안(慧眼)을 말한다.

187 삼산 : 동해의 삼신산(三神山)인 봉래(蓬萊)·방장(方丈)·영주(瀛洲)를 말한다. 청천(靑泉) 신유한(申維翰)의 《해유록(海遊錄)》에는 일본의 부사산(富士山)·상근령(箱根嶺)·반대암(盤臺巖)을 삼신산(三神山)이라고 하였다.

188 가사 : 도휴(陶畦)는 도휴피(陶畦陂)와 같은 말로 가사(袈裟)를 말한다.

189 뱃노래 : '애내(款乃)'는 노 젓는 소리를 말하니, 어부의 뱃노래를 뜻한다.

190 수신 : '파신(波神)'은 수신(水神)을 말하니, 바다귀신을 가리키는 말이다.

밝은 거울 털고 닦아 게으른 적 없었네.	拂拭明鏡無時怠
부상 언덕 스님 처소[192] 서쪽에서	扶桑之岸東院西
우리 배[193] 맞으려고 배를 대고 기다리네.	候我靈槎艤船待
묘한 진리[194]로 불조 참구함만[195] 아니라	妙諦不佀叅佛祖
넓은 식견으로 문자를 가려내기도 하네.[196]	博識還能辨豕亥
스님 풍모[197] 뵈옵고 스님 말씀 들으니	得師眉睫聞師語
두 귀가 쫑긋쫑긋 먹은 귀가 뚫리네.	兩耳颯颯除町瞶
빼어난 풍채 흘깃 보곤 환속시켜서[198]	坐眄神骨欲冠顚
초선관[199] 씌어 광채 나게 하고 싶네.	要使蟬冕映華彩
시원시원한 말솜씨 밀수[200]를 닮았으니	翩翩爽語似蜜殊

---

191 지혜의 칼 : 번뇌의 얽매임을 끊어 버리는 지혜를 이른다. 마야검(摩倻劍) 또는 반야검(般若劍)이라고도 함.

192 스님 처소 : 당나라 고승(高僧) 종심선사(從諗禪師)가 조주(趙州)의 관음원(觀音院)에 거주했는데, 이곳을 일명 동원(東院)이라 한 뒤로 전하여 스님의 처소를 가리키게 되었다.

193 우리 배 : 한나라 장건(張騫)이 서역(西域)으로 사신 가면서, 뗏목[槎]을 타고 갔다가 물을 따라 올라가서 은하수에 이르러 직녀성을 만나고 왔다는 전설이 있어 신령스러운 뗏목이라 하였는데 여기서는 사신의 배를 말한다.

194 묘한 진리 : '묘제(妙諦)'는 정묘한 진제(眞諦)이니, 진제는 진여(眞如)·열반(涅槃)의 경지, 곧 최상의 진리를 말한다.

195 참구함만 : 불교의 이치를 참선하여 구명한다는 말이다.

196 문자를 가려내기도 하네 :《여씨춘추(呂氏春秋)》에 어떤 사람이 역사책을 읽다가 '晉師己亥涉河'라는 대목을 '晉師三豕涉河'라고 읽는 것을 보고 자하(子夏)가 바로잡아 주었다는 고사가 있는데, 뒤에 '시해(豕亥)'로써 서적을 옮겨 적거나 간행한 책 가운데 틀린 문자를 의미하게 되었다.

197 풍모 : '미첩(眉睫)'은 눈썹과 속눈썹으로 사람의 외모나 표정을 가리킨다.

198 환속 시켜서 : '욕관전(欲冠顚)'은 환속시키고 싶다는 뜻을 완곡하게 표현한 것이다. 한유(韓愈)의 〈송영사(送靈師)〉에서 "지금 그대를 우리의 도로 끌어들여, 삭발한 머리에 갓을 씌워 주고 싶도다.[方將斂之道, 且欲冠其顚.]"라고 하였다.

199 초선관 : '선관(蟬冠)'은 한나라 때 시종관이 쓰던 관으로, 초선관(貂蟬冠)을 말한다.

셀 수 없는 높은 몸값 구슬이 백 꿰미라.　　　　　高價不數珠百琲

스님과 도 달리함이 부끄럽지만　　　　　　　　慙吾與師不同道

순임금 때도 갱재가²⁰¹를 하였느니.　　　　　　早向舜殿歌賡載

현묘한 담론²⁰² 오래부터 지도림²⁰³에 맞서고　　　玄談久負支道林

《좌전》 벽은 공연히 두원개를 이어 받았네.²⁰⁴　　左癖空傳杜元凱

오늘날에는 다만 남월²⁰⁵의 왕을 가르치나니　　今來只諭南越王

공명 얻어 재상 자리 오르길 원치 않도다.　　　不願功名登鼎鼐

스님이 앞길을 금비²⁰⁶로 말해줌에 힘입어　　　賴師前路道金篦

---

200 밀수 : 송(宋)나라 안주(安州) 승천사(承天寺)의 승려인 중수(仲殊)를 말하니 자는 사리(師利)이며, 소식(蘇軾)과 교유하였는데 시를 민첩하게 짓고 그 내용이 매우 공교하고 오묘하였다. 곡식을 피하고 항상 꿀을 먹었다고 하여 밀수라고 불렸다 하는데, 소식의 〈증시승도통(贈詩僧道通)〉에 "웅장하고 호방하되 오묘하며 괴롭되 풍부함에는 다만 금총과 밀수가 있을 뿐이로다.[雄豪而妙苦而腴, 祇有琴聰與蜜殊.]"라고 하였다.

201 갱재가 : '갱재(賡載)'는 서로 이어서 좋은 정치를 이루는 것을 말한다. 《서경》〈익직(益稷)〉에 나오는 말로 여기서는 〈갱재가(賡載歌)〉를 가리키니, "천자께서 명철하시면 신하들이 선량하여 모든 일이 편안해지리로다.[元首明哉, 股肱良哉, 庶事康哉.]"라고 하였다.

202 현묘한 담론 : 노장(老莊)의 학설과 《주역》에 의거하여 명리(名理)를 변석(辨析)하던 담론을 말하는데, 후세에는 실제에서 벗어난 공론을 가리키기도 한다.

203 지도림 : 중국 동진(東晉) 때 고승 지둔(支遁, 314~366)을 말하니 자가 도림(道林), 본성은 관씨(關氏)이다. 25세에 출가하여 서역 월지인(月支人)을 스승으로 삼아 성을 지(支)로 바꾸었다. 경사를 떠돌아다니다가 백마사(白馬寺)에 머물며 불도에 정진하였다. 위진(魏晉) 시기 현학(玄學)이 유행하여 명사들이 청담을 논할 때 지둔은 노장의 학설에 정통하고 불학(佛學)에 조예가 깊어 명성을 떨쳤다. 바둑을 수담(手談)이라 표현한 것이 유명하다.

204 《좌전》 벽은 공연히 두원개를 이어 받았네 : 진(晉)나라 두예(杜預, 222~285)의 자(字)가 원개(元凱)로, 박학하여 여러 분야에 정통했는데, 특히 《춘추(春秋)》에 심취하여 스스로 좌전벽(左傳癖)이 있다고 할 정도였다. 그의 《춘추좌씨경전집해(春秋左氏經傳集解)》는 후세에 《좌전(左傳)》의 주본(注本)이 되었고, 십삼경주소(十三經注疏)에도 편입되었다.

205 남월 : '남월(南越)'은 옛날 지명으로 남월(南粵)이라고도 쓰며, 광동과 광서 지역 일대를 말한다.

가슴속에 허물 후회 적어진 걸 문득 깨닫도다.　　頓覺胸襟少尤悔

향긋한 연꽃과 긴 대나무가 인연을 맺어　　芳蓮脩竹許結緣

신선 산의 고운 풀[207] 함께 따길 기약하네.　　瑤草仙山期共採

인간 세상 나야말로 저 무쇠 다리요　　人間我是夫鐵脚

속세 밖에 스님 이제 인욕 갑옷 입었네.　　物外師今忍慈鎧

구름 노을[208] 속으로 쫓아가려 하지만은　　逝將追逐煙霞裏

한 순간[209]도 뜬구름 세상 떠나지 못하였네.　　一念未許浮雲改

단전을 깨끗이 씻어 나의 진성 되돌리고[210]　　淨洗丹田反我眞

가시덤불 잘라내어 향긋한 궁궁이풀 키우네.　　剪盡莉棘滋芳茝

흐르는 물 맑고 얕은 대로 가도록 맡겨두고　　蓬流淸淺任適來

모든 일 오로지 조물주[211] 뜻에 따르는구나.　　萬事唯堪聽眞宰

깨달음[212]이 어찌 사영운[213] 뒤 자리하랴?　　成佛寧居<u>靈運</u>後

---

206 금비 : '금비(金篦)'는 본래 고대 인도의 의사가 맹인의 안막을 제거해 주던 도구였는데, 전하여 후세에는 불가에서 중생들의 눈을 가리고 있는 무지(無智)의 막(膜)을 제거해 준다는 뜻으로 쓰인다.

207 아름다운 풀 : 요초(瑤草)는 신선의 경계에서 자란다는 진기한 풀이다.

208 구름 노을 : '연하(煙霞)'는 구름 노을이나, 물안개나, 산수 또는 산림이나, 홍진(紅塵)의 속세를 가리키는 말이다.

209 한 순간 : '일념(一念)'은 불가어로 매우 짧은 시간을 가리킨다.

210 나의 진성 되돌리고 : 도교에서 도를 배우고 수행하는 것을 수진(修眞)이라고 한다.

211 조물주 : '진재(眞宰)'는 우주자연의 진정한 주재자(主宰者)인 조물주를 말한다.

212 깨달음 : '성불(成佛)'은 길이 생사의 번뇌를 떠나서 무상(無上)의 정등정각(正等正覺)을 이루는 것을 말한다.

213 사영운 : 진(晉)나라 시인 사영운(謝靈運, 385~433)은 강락후(康樂侯)에 봉해져 사강락(謝康樂)이라고도 불렀으며, 불심(佛心)이 깊고 이백(李白)이 그의 시풍을 존경하였다. 도연명과 같이 산수전원시풍을 추구하였다. 이상적(李尙迪)의 〈문정수동입향산위승(聞鄭壽銅入香山爲僧)〉에서 "부처됨이 사영운과 같을지는 모르겠지만, 스스로 시를 잘 지어 당나라 스님 관휴를 닮았구나.[未知成佛同靈運, 自足能詩似貫休.]"라고 하였다.

고운 시구 원래 두자미도 깔보지 못하네.　　　　　　佳句元非子美猥
그대와 함께 아득하게 넓은 마을 떠도는데　　　　　共君聊浪廣莫鄕
바람[214]에 먼지 일어 내 몸 더럽힐까 두렵구나.　　擧扇風塵恐我浼

---

214 바람 : '거선(擧扇)'은 선풍(扇風)을 말하니, 곧 바람이 일거나 세차게 도는 것을 가리키
는 말이다.

서상인[215]에게 써주고 화답을 구하다
錄贈恕上人求和

착한 눈길 연꽃 같이 나를 향해 활짝 피어	善眼如花向我開
바다 하늘 천 리 건너 부처 광명[216] 오셨도다.	海天千里佛光來
불교[217]는 다같이 조계 심인[218]에 근본하니	空門共祖曹溪印
문단에서 가도[219]의 재주도 하찮게 여길만 하네	詞壘堪奴賈島才
헤진 누더기 입고 몇 년씩 면벽[220]하고	破衲幾年長面壁
닳은 지팡이 짚고 오늘도 배를 타도다.[221]	短節今日穩乘盃
늙어서도[222] 또한 선적[223]을 참구하리니	龍鍾亦得叅禪寂
돌아오는 길에 응당 만회[224]를 부를 것이로다.	歸路行當號萬回

---

215 서상인 : 일본 승려로서 서수좌(恕首座)라고도 한다.

216 부처 광명 : '불광(佛光)'은 중생을 깨우치는 부처의 광명을 말한다.

217 불교 : '공문(空門)'은 불교(佛敎)를 말하니, 불교가 공(空) 사상을 근본하기 때문에 붙여진 이름이다. 또는 사문(四門)의 하나로 유(有)에 집착함을 다스리기 위해 모든 사물은 실체와 자성(自性)이 없다고 말한 공리(空理)의 법문을 말하기도 한다.

218 조계 심인 : 조계인(曹溪印)은 조계종의 선법을 계승한다는 말이다. '조계'는 중국 선종의 제6조 혜능(慧能, 638~713)의 선법을 이은 조계종을 말하는 것으로, 혜능이 선법을 크게 선양했던 조계의 보림사(寶林寺)를 가리키는 말이다.

219 가도 : 당나라 중당 시기의 시인으로 젊어서 출가하여 법명이 무본(無本)이었으나 다시 환속하였다. 자는 낭선(浪仙) 또는 낭선(闐仙)이고, 갈석산인(碣石山人)으로 자처하였다.

220 면벽 : '면벽(面壁)'은 선승(禪僧)이 좌선을 할 때 잡념을 막기 위해 벽을 마주하고 앉는 것을 말한다.

221 배를 타도다 : '승배(乘盃)'는 나무잔을 타고서 물을 건너는 것으로, 남조 양(梁)나라 혜교(惠皎)의《고승전》에 배도(杯度)라는 사람은 성명도 모르는데 항상 나무배를 타고서 물을 건넜다고 하였는데, 그 뒤로 배 타는 일을 가리키게 되었다.

222 늙어서도 : '용종(龍鍾)'은 노쇠하거나 늙어서 못생긴 모습을 말한다.

223 선적 : '선적(禪寂)'은 불교에서 적멸(寂滅)로써 종지로 삼기 때문에 적정(寂靜)함을 사려하는 것을 선적이라 하였다. 또는 좌선하고 습정(習定)하는 것을 이른다.

6월 6일에 실진²²⁵에서 배를 타고 가다

初六日自室津行船

가물가물 켜켜이 이는 파도 속으로	渺渺層濤裏
아득히 홀로 가는 때이로다.	茫茫獨去時
구름 노을 아래 멀리 오는 손 맞고	雲霞迎遠客
물고기 새 더불어 사행 깃발 보내도다.	魚鳥送征旗
파도 위에 해 보곤 하늘이 도는가 하고	波日天疑轉
돛대에 바람 부니 언덕이 옮기는가 하네.	帆風岸似移
긴 여정 아직도 다 끝나지 않았건만	長途猶未盡
도리어 스스로 돌아갈 날 헤아리도다.	還自筭歸期

---

224 만회 : '만회(萬回)'는 신(神)의 이름으로 만회가가(萬回哥哥)이다. 명나라 전여성(田汝成)의 《서호유람지여(西湖遊覽志餘)》〈위항총담(委巷叢談)〉에 의하면, 송나라 때 항성(杭城)에서는 음력 12월에 만회가가에게 제사를 지냈는데, 그 형상이 쑥대머리에 초록 옷을 입고 왼손에 북을 들고 오른손에 몽둥이를 잡아 화합(和合)의 신에게 제사를 지내면 만리 밖에 있는 사람이 집으로 돌아올 수 있다고 하였기 때문에 만회(萬回)라고 하였다 한다.

225 실진 : 효고[兵庫] 현 다쓰노[龍野] 시의 무로쓰[室津] 항을 말한다. 《계미동사일기》에 의하면, 6월 1일에 우시마도[牛窓]를 떠나서 오후에 실진(室津)에 도착했다. 6월 1일부터 6월 5일까지 바람에 막혀 실진에 머물렀다가 6월 6일에야 순풍을 만나 실진을 떠났다고 하였다. 조선통신사는 한성(漢城)에서 부산까지 육로로 이동하여 부산에서 여섯 척의 통신사선에 나누어 타고 쓰시마[対馬]로 건너간다. 이키[壱歧], 아이노시마[藍島, 相島], 아카마가세키[赤間關](현재의 시모노세키[下関]), 카미노세키[上関], 카마가리[蒲刈], 토모노우라[鞆浦], 우시마도[牛窓], 무로쓰[室津], 효고[兵庫]를 거쳐서 오사카[大阪]에 이른다.

배가 강어귀에서 묵다이곳은 배의 노정이 다한 곳이다
舟次河口 此是海程盡處

바다 떠온 지 이제 석 달	泛海今三月
온갖 어려움 두루 겪었네.[226]	艱難已備嘗
뱃길 언덕에 다다라 다하니	水程臨岸盡
뱃사공 돛 내리랴 바쁘구나.	舟子落帆忙
고향 멀리 떠나옴을 깨닫는 터에	轉覺離鄕遠
갈 길 외려 더 멀다고 하는구나.	猶聞去路長
평생 짓던 오언율시	平生五字律
간 데마다 지을 밖에[227]	隨處入奚囊

---

226 두루 겪었네 : '비상(備嘗)'은 여러 가지 어려움을 두루 맛보고 겪는다는 뜻이다.
227 지을 밖에 : '해낭(奚囊)'은 명승지를 찾아다니며 읊은 시나 문장 따위의 초고를 넣는
주머니를 말한다. 당나라 시인 이하(李賀)가 다른 곳을 다닐 때 그의 종 해노(奚奴)의 등에
시를 넣을 비단 주머니를 지고 다니게 했던 데서 유래하였다. 금낭(錦囊)이라고도 한다.

대판성[228]
大板城

오랑캐 포구에 새로 막부 열리니	蠻浦新開府
풍신수길[229] 옛날 지은 도성이로다.	平酋舊作都
강산에 모든 기운 웅장하고	江山雄攬結
성곽의 짜인 규모 장대하다.	城郭壯規模
뱃길로 월나라와 가까이 통하고	舟楫傍通越
바다 저 멀리 오나라를 품었도다.	滄溟遠抱吳
긴 제방이 삼십 리나 뻗었고	長堤三十里
누대[230]가 안팎 호수[231]에 비치도다.	臺榭映重湖

---

228 대판성 : 오사카 성으로 대판성(大阪城) 또는 대판성(大坂城)이라고도 한다.

229 풍신수길 : '평추(平酋)'는 도요토미 히데요시[豊臣秀吉]를 가리킨다. 1583년 석산본원사(石山本願寺) 옛터에 대판성(大阪城)을 세웠는데, 당시에 놀러왔던 오토모소린[大友宗麟]이 "온 나라가 전쟁 통에도 비할 데 없이 견고한 성[戰國無雙的城]"이라 하였으나, 1615년에 도쿠카와[德川]의 군사에 의해 불타버린 뒤에 다시 세운 것이다. 지금의 대판성(大阪城)은 1931년 11월에 재건한 것이다.

230 누대 : '대사(臺榭)'의 대(臺)는 흙을 높이 쌓아 위를 평평하게 한 곳이고, 사(榭)는 대 위에 지은 누각(樓閣)과 정자(亭子) 같은 건축물을 말하니, 여기서는 天守閣(천수각)을 말한다.

231 안팎 호수 : 내호와 외호로 되어있는 두 겹의 호수로, 마치 해자와 같이 적의 침입을 막기 위해 만들었으며, 외호는 동서남북으로 다시 나뉘어 있다.

6월 13일[232] 채선[233] 타고 대판성을 출발하여 정포[234]로 향하다
十三日 乘綵船 發大板城 向淀浦

채색 닻줄은 강물 위로 당겨오고	綵纜牽江色
산들 바람이 저녁 물결 따라 부네.	輕風颺夕流
저 멀리 안개가 너른 들에 깔리고	遠煙低廣野
뱃길은 방초섬[235]으로 들어가도다.	前路入芳洲
피리 북소리 구름 뚫고 울리고	簫皷穿雲咽
누대는 언덕 끼고 빽빽하구나.	樓臺夾岸稠
뗏목 타고 은하수 넘었다더니	乘槎凌漢渚
여기 놀이가 그 비슷하구나.	何似此中遊

---

232 6월 13일 :《계미동사일기》에 의하면, 6월 13일에 사신 일행은 일본 누선(樓船)을 타고 강물을 거슬러 올라갔는데, 닻줄을 끄는 왜인이 몇 명이나 되는지 알 수 없었다고 했으며, 정포(淀浦)에 다다르자 밤이 되었다고 하였다.

233 채선 : 채선(彩船)은 일명 금루선(金樓船)이라고도 하며, 화려하게 채색하고 금빛 휘장을 매단 사신을 영접하여 태우는 배를 말한다.

234 정포 : '정포(淀浦)'는 정천(淀川)에 있는 포구로 요도우라[淀浦]라고 한다. 정천(淀川)은 일본에서 가장 큰 담수호인 비파호(琵琶湖)에서 흘러나와 서남쪽으로 오오사카[大阪]만으로 흘러가는 강이다.《계미동사일기》에 의하면, 오오사카에서 정포(淀浦)까지 80리, 정포에서 교토[京都]까지 30리라고 하였다.

235 방초 섬 : '방주(芳洲)'는 방초(芳草)가 떨기로 난 작은 섬을 말한다.

또
又

물가 구름 짐짓 걷혀 늦은 썰물 밀려오고   渚雲輕捲晚潮廻
바다 물빛 하늘 자태 위아래로 열렸도다.   水色天容上下開
신선 세계 밤 깊으니 바람 물결 고요한데   仙界夜深風浪靜
강 가득 안개 달빛에 배 놓아 오는구나.   滿江煙月放船來

6월 14일 왜경²³⁶에서 묵다 두 수
十四日次倭京 二首

옛적 아이들이 진나라 피해 올 적에　　　　童卯當年此避秦

바다 풍토 다시금 사람에게 맞았구나.　　　海中風壤更宜人

산과 강 어울어짐 하늘 땅 새에 떠있고　　　山河氣色浮天地

풀과 나무 고운 모양 세상 것이 아니로다.　　草木文章別世塵

갈래갈래 폭포 청수사²³⁷에 밤새 쏟아지고　　亂瀑夜懸淸水寺

살랑대는 돛배 우치진²³⁸에 파랗게 모였구나.　輕帆靑簇宇治津

푸른 사초 하얀 돌이 씻은 듯 밝으며　　　　靑莎白石明如洗

신선세계 구름안개 바랄수록 새롭구나.　　　仙界雲煙望轉新

바다 건너 번화한 곳 낙양²³⁹을 손꼽으니　　海外繁華數洛陽

눈앞의 구름 풍경 곧 신선 세상이라.　　　　眼邊雲物卽仙鄕

---

236 왜경 : 교토[京都]를 말한다.

237 청수사 : 기요미즈데라[淸水寺]는 교토[京都] 시 히가시야마[東山] 구 음우산(音羽山)에 있는 사원(寺院)이다. 본존(本尊)은 천수관음(千手觀音)이며, 엔친[延鎭]이 778년에 세웠다. 깎아지른 절벽 위에 위치한 툇마루에서 교토를 바라볼 수 있고, 그 아래에 작은 폭포가 있는데 성스러운 물이라고 알려져 사람들이 이 물을 마시기 위해 찾아온다고 한다.

238 우치진 : 대진(大津)의 상류에 위치하여 근강(近江)으로부터 평성경(平城京)으로 목재를 운송하던 나루라고 하는데 정확한 위치를 알 수 없다. 아마 청수사 남쪽에 있는 우치천(宇治川)에 있는 나루를 가리키는 듯하다.

239 낙양 : '낙양(洛陽)'은 교토[京都]의 옛 이름이다. 794년부터 1868년까지 일본의 수도로 평안경(平安京)이라 하였는데, 평안경을 처음에는 동서로 구분하여 동쪽을 좌경(左京)이라 하여 낙양(洛陽)이라 불렀고, 서쪽을 우경(右京)이라 하여 장안(長安)이라 불렀다. 장안 땅에는 진펄들이 많아 점차 황폐해져서 평안경에는 낙양만 남게 되어 교토[京都]를 낙양이라고 부르게 된 것이다.

들판에 구름 안개 자욱하게 뒤섞이고 　　　　川原錯綜煙霞氣

다락집에 풀숲 향기 가득히 풍기네. 　　　　樓榭氤氳草樹香

푸른 대 창 가까워 물처럼 서늘하고 　　　　竹翠近窓凉似水

숲 이내 달빛 받아 밤에 보니 서리 같네. 　　林霏和月夜疑霜

배[240] 타고 여기 이른 금규객[241]들이 　　　星槎此日金閨客

난간 모서리에서 시흥이 오르는구나. 　　　欄角尋詩興轉狂

그 도시를 스스로 낙양이라고 일컬었다 　　　　　　其都自稱洛陽

---

240 배 : ‘성사(星槎)’는 하늘의 은하수를 오고가는 뗏목으로, 전설에 의하면 한나라 때 어떤
사람이 바닷가에서 나무배를 타고 하늘의 은하수에 이르러 견우와 직녀를 만났다고 하였
다. 보통 배를 가리키는 말이다.

241 금규객 : ‘금규(金閨)’는 한나라 궁궐문의 이름인 금마문(金馬門)을 가리키며, 한림학
사(翰林學士)들이 임금의 명을 기다리던 곳이다. 여기서 금마객(金馬客)은 사신으로 간 조정
의 문사들을 가리킨다.

강기[242]에서 묵다
次崗崎

양켠에 꽃과 대나무 선 길 돌아나가고	夾街花竹路盤回
가물가물 외딴 성이 그림 속에 펼쳐지네.	縹緲孤城畫裏開
강 길에 안개 걷히자 푸른 벼랑 튀어 나오고	江路霧收靑嶂出
물가 마을 하늘 멀리 고운 구름 쌓였네.	水村天遠彩雲堆
섬마다 귤 유자 열린데 사람 모여들며	連洲橘柚人煙盛
바다 메운 배 타고 장사꾼 돌아오네.[243]	蔽海帆檣賈客來
객관에선 밤 깊도록 좋은 잔치 벌어져서	賓舘夜深排勝讌
아홉 갈래 등불[244] 아래 옥으로 술잔 하네.	九枝燈下玉爲盃

---

242 강기 : 아이치[愛知] 현 오카자키[岡崎] 시를 말한다. 《계미동사일기》에 의하면, 6월 24일 강기(岡崎)에 도착했다고 하였다.
243 바다 메운 배 타고 장사꾼 돌아오네 : 《계미동사일기》에 의하면, 6월 24일에 명고옥을 떠나서 민가 마을 속을 뚫고 10여 리를 지나니 바닷물이 남쪽에 있는 것이 보였으며, 바닷가 에는 소금 고는 가마가 많았고 상선(商船)들이 정박한 것들도 역시 많았다고 하였다.
244 아홉 갈래 등불 : '구지등(九枝燈)'은 옛날 등(燈) 이름으로, 하나의 몸체에 아홉 개 또는 여러 개의 가지가 있어 여러 대의 등촉을 꽂을 수 있는 등불을 말한다.

강고[245]에서
江尻

큰 들판이 아득하고 푸른 나무 빽빽한데	大野茫茫碧樹稠
곱게 칠한 누각에서 멀리 수심 더해지네.	粉樓丹閣逈添愁
구름 걷혀 부사산[246] 창 앞에 나타나고	雲開富士窓前出
땅 열리니 천룡천[247] 난간 밖에 흐르네.	地拆天龍檻外流
늘그막에 떠돌며 슬피 나그네 되고	老去萍蹤悲作客
밤 되자 오동잎에 또 가을소리 울려.	夜來梧葉又鳴秋
역참에서 돌아갈 보따리를 점검하니	郵亭點檢歸時橐
만 리길 차비에 헤진 갓옷 하나뿐.	萬里行裝一獘裘

---

245 강고 : 에지리[江尻]는 시미즈[靜岡] 시 시미즈[淸水] 구이니, 지금의 청수항(淸水港)
이다. 《계미동사일기》에 의하면, 7월 1일 저녁에 강구(江尻)에 도착하여 역사(驛舍)에 잘
곳을 정하였다고 하였다.
246 부사산 : 시즈오카[靜岡] 현 북동부와 야마나시[山梨] 현 남부에 걸쳐 있는 해발 3,776m
의 후지[富士]산을 말한다. 《계미동사일기》에 의하면, 7월 1일에 강고(江尻)에 도착하고,
7월 2일에 부사산(富士山)으로 갔다고 하였다.
247 천룡천 : 나가노[長野] 현에서부터 아이치[愛知] 현·시미즈[靜岡] 현을 거쳐서 태평양
에 흘러드는 강인 덴류[天龍]천을 말한다.

저녁에 등택[248]에 이르다
夕抵藤澤

등택 천년 땅에	藤澤千年地
배 타고 만 리 길.	星槎萬里程
평원에 민산 정기[249] 서려있고	平原蟠井絡
큰 들녘 봉래 영주로 드네.	大野入蓬瀛
숲 빽빽하여 매미 소리 요란하고	樹密蟬聲鬧
산 밝아지며 빗 기운 개이네.	山明雨氣晴
시주머니[250] 날마다 불어나지만	奚囊知日富
시 생각은 더욱 다함이 없구나.	詩意更縱橫

---

248 등택 : 카나가와[神奈川] 현의 후지사와[藤澤] 시를 말한다. 《계미동사일기》에 의하면, 7월 5일 저녁에 등택(藤澤)에 도착하여 점사(店舍)에 잘 곳을 정했다고 하였다.

249 민산 정기 : '정락(井絡)'은 진(晉)나라 좌사(左思)의 《촉도부(蜀都賦)》에서 "민산의 정기는 위가 정락이 된다.[岷山之精, 上爲井絡.]"라고 하였는데, 민산의 땅은 위가 정락(井絡)이 되니 천제가 창성함을 모이게 하고 신들이 복을 세운다고 하였다.

250 시주머니 : '해낭(奚囊)'은 시낭(詩囊), 곧 시를 넣어 보관하는 주머니이다.

백로[251]
白露

흰 이슬 동그라니 맑게 비치고	白露團淸影
서느러움 더해지는 이른 가을.	新涼轉早秋
올 들어 줄곧 나그네 신세	年來長作客
늘그막에 근심 금할 수 없네.	老去不禁愁
세상 살며 어려움이 많아서	世故逢多難
짐 꾸려 먼 곳을 돌아다니네.	行裝費遠遊
절로 온갖 생각 걸리게 되어	自然關百慮
간 데마다 〈등루부〉[252] 짓네.	隨處賦登樓

---

251 백로 : 24절기 가운데 15번째로, 처서(處暑)와 추분(秋分) 사이의 절기이다.

252 등루부 : '등루(登樓)'는 〈등루부(登樓賦)〉를 말하니, 한나라 말기에 왕찬(王粲)이 동탁(董卓)의 난리를 피하여 형주(荊州)에서 형주자사 유표의 식객으로 있으면서 누대에 올라가 고향 생각을 하며 지은 것으로, "비록 진실로 아름답지만 내 땅이 아니니, 일찍이 어찌 잠시라도 머물 수 있으리오?[雖信美而非吾土兮, 曾何足以少留?]"라고 하였는데, 그 뒤로 고향을 생각하거나 재주를 지니고도 때를 만나지 못함을 나타내는 전고가 되었다.

나그네의 밤
旅夜

먼 절에 등불 돋곤 초롱이 잠 못 이뤄	野寺挑燈耿不眠
서쪽 고향 바라보니 마음이 아득하네.	故園西望意茫然
가을 되도록 여태 기러기[253] 오지 않고	秋天尙斷傳書鴈
남쪽 바다 물에 드는 솔가리만 보이네.[254]	炎海唯看跕水鳶
율관 속 갈대 재 일 년에 세 번 변하고[255]	葭琯一年三變律
둥근 달 천리 길에 여섯 차례 둥글었도다.	桂輪千里六回圓
깊은 밤 부질없이 헤진 담비갖옷 만지나니	深更謾撫貂裘弊
마을 앞 좋은 밭[256] 경작 못해 아쉽구나.	悔失經營負郭田

---

253 기러기 : 서신 전하는 기러기(傳書鴈)는 옛 서왕모의 고사에서 편지를 전하던 기러기로서 후에 서신 전달의 대유로 흔히 사용 되었다.

254 남쪽 바다 물에 드는 솔가리만 보이네 : 남쪽 바닷가는 온습하여 풍토병을 일으키는 장기(瘴氣)가 심하여 날아가는 솔개도 병 들어 떨어진다는 말이다. 당(唐) 원진(元稹)의 시 《和樂天送客遊嶺南十二韻》에 "솔개가 떨어지면 장기가 있음을 알 수 있고, 봄을 기다리지 않고도 뱀이 소생한다네[鳶跕方知瘴 蛇蘇不待春]"라고 하였다.

255 율관 속……변하고 : '가관(葭琯)'은 갈대 줄기의 얇은 막[葭莩]을 태운 재를 넣은 율관(律管)이라는 뜻으로 회관(灰琯) 또는 회관(灰管)이라고도 하며, 옛날에 기후 변화를 헤아리던 기구로서 갈대 줄기의 얇은 막[葭莩]을 태운 재를 12율려(律呂)에 해당하는 관[律管] 속에 넣어두었기 때문에 붙여진 이름이다. 또는 시서(時序) 및 절후(節候)를 가리킨다. 《한서》〈율력지(律曆誌)〉에 "절후를 살피는 법이 있는데 갈대 속의 얇은 막을 태워 재로 만든 뒤에 각각의 율려(律呂)에 해당되는 옥관(玉琯)에 넣어 두면 그 절후에 맞춰서 재가 날아가는데, 동지에는 황종(黃鐘) 율관(律管)이 비동(飛動)한다."라고 하였고, 《진서(晉書)》〈율력지(律曆誌)〉에 "그 때의 해가 해 그림자에 맞추고 땅의 기운이 회관에 영향을 주기 때문에 음양이 조화하여 햇빛이 이르고 12율려(律呂)의 기운이 응하여 재가 날아간다."[叶時日於晷度, 效地氣於灰管, 故陰陽和則景至, 律氣應則灰飛.]고 하였다.

256 마을 앞 좋은 밭 : '부곽전(負郭田)'은 마을 근처의 좋은 밭이라는 뜻으로, 전국시대 소진(蘇秦)이 합종책(合從策)으로 육국(六國)의 재상이 되어 고향으로 돌아와서 탄식하며 말하기를, "이 사람이 부귀하면 친척들이 두려워하고 빈천하면 가벼이 여기나니 다른 사람

밤에
夜

가랑비 사초 오솔길에 걷히고	小雨收莎徑
저무는 구름 바다산봉에 모이네.	歸雲歛海峯
문발 사이 가을달 보이고	踈簾秋見月
옛 절 종 한밤중에 울리네.	古寺夜鳴鍾
마음 약해져 시 짓기 힘들고	心弱尋詩苦
늙어가며 술 봐도 달갑지 않네.	年衰向酒慵
깊은 밤 가뜩이나 잠들지 못하는데	深更偏不寐
창밖에서 귀뚜라미 구슬프게 우누나.	窓外咽寒蛩

들이야. 장차 나에게 낙양(雒陽)의 좋은 밭 두 이랑만 있었다면 내가 어찌 여섯 나라 재상의 관인(官印)을 찰 수 있었겠는가?[且使我有雒陽負郭田二頃, 吾豈能佩六國相印乎?]"라고 하였다.

강호에서 되는대로 쓰다 두 수
江戶²⁵⁷ 漫筆 二首

길거리 사람들이 어깨 스치며 나다니고²⁵⁸	街上人肩匝地維
구슬땀 비 되고 옷깃 이어져 휘장 되네.²⁵⁹	汗珠成雨衽成帷
어린애 말 배우면 벌써 칼 옆에 차고	稚兒學語猶橫劒
미녀들 술 파는데²⁶⁰ 모두 눈썹 그렸다.	美女當罏揚畫眉
옛 유적 아직도 서복²⁶¹ 사당에 전하고	舊蹟尙傳徐福廟
남은 백성 모두 수충²⁶² 사당에 제사한다.	遺氓共祭秀忠祠

---

257 강호 : 에도[江戶]는 도쿄의 옛 이름이다.

258 나다니고 : '지유(地維)'는 지기(地紀)라고도 하며, 땅을 지탱하는 밧줄이라는 뜻이다. 중국 신화에 땅의 밧줄이 끊어지면 땅이 기울어 뒤집힌다고 하여 하늘을 받드는 기둥과 땅을 지탱하는 밧줄이 있어 세상이 보전되는 것이라고 하였다. 잡(匝)은 이곳저곳 돌아다님을 말한다.

259 구슬땀이 … 휘장 되네 : 강호의 부유하고 번성한 실정을 나타낸 말이다. 《사기》〈소진열전(蘇秦列傳)〉에 의하면, 소진이 임치(臨淄)의 번성함을 비유하여 이르기를, "임치는 매우 부유하여 백성들이 피리 불고 거문고를 타며 축(筑)을 치는 등 악기를 잘 다뤘으며, 닭싸움·개 경주·육박(六博)이나 공차기 등 놀이를 하지 않는 이가 없었다. 임치의 길에는 수레가 많아 바퀴축이 서로 닿을 정도였으며, 사람이 많아 서로 어깨를 스쳤고, 옷깃이 넉넉하여 이으면 휘장이 되고 소매를 들면 장막이 될 정도였다. 사람들이 많아 땀을 흘리면 비가 될 정도였으며, 집집마다 부유하고 사람들의 뜻이 또한 높았다."고 하였다.

260 미녀들은 술 파는데 : '미녀당로(美女當罏)'는 미녀가 술을 판다는 뜻으로, 문군당로(文君當罏)라고도 한다. 《사기》〈사마상여열전(司馬相如列傳)〉에 의하면, 사마상여가 탁문군(卓文君)과 도망가서 같이 살 때에 탁문군은 술을 팔았고 사마사여는 잠방이를 입고 허드레잡일을 하였다. 당로(當罏)는 술파는 사람이 술을 덥혀서 팔기 위해 화로 곁에 앉아 있으므로 당로(當罏)라고 한 것이다. 곧 '당로(當罏)'는 당로(當壚)로도 쓰며 술을 파는 것을 말한다.

261 서복 : 중국 진(秦)나라 때 방술에 능했던 선비로서 진시황(秦始皇)의 명을 받들어 동해 바다 삼신산(三神山)에 사는 신선을 찾아가 불노장생 약을 구하고자 하여 동남(童男)·동녀(童女) 3천명을 데리고 떠났다가 일본에 정착하여 살았다고 한다.

262 수충 : 도쿠가와 히데타다[德川秀忠, 1579~1632]는 덕천(德川) 왕조의 제2대 장군으

세간 노래 밤중에 민가 가서 채집하니	風謠夜向閭家採
비밀 얘기[263] 근래엔 군부[264] 좋아한다고.	潛說年來武備嬉
경치 좋은 명승지를 차례로 지나가니	形勝名區次第過
이 몸 마치 항하수[265] 건너는 듯하구나.	此身如得度恒河
강산 곳곳에 멋진 전각[266] 쌓였고	江山處處堆金碧
집집 정원마다 비단 휘장[267] 곱구나.	庭院家家艶綺羅
기주 청주[268] 논밭인양 논밭마다 최상이고	田土冀青皆上上

로 덕천 왕조의 통치 기반을 공고히 다진 인물이다.

263 비밀 얘기 : 관백에 관한 비밀스런 이야기를 말한다. 최립(崔岦, 1539~1612)의 〈신묘
주시월이십사일봉교제(辛卯奏十月二十四日奉敎製)〉에 "나라 사람들이 관백이 미쳐 날뛴
다고 뒤에서 은밀하게 말하였다.[又說國人潛說關白猖狂.]"라고 하였는데, '잠설관백(潛說
關白)'은 아마도 관백(關白)을 몰래 뒤에서 얘기하는 말인 듯하다. 관백(關白), 곧 간파쿠
[關白]는 천황을 대신하여 정무를 총괄하던 관직이다. 평안시대(平安時代, 794~1192)에
후지와라[藤原]가 처음 관백(關白)이라는 관직을 맡았고, 그 뒤에는 섭정(攝政)과 관백(關
白)을 합하여 섭관(攝關)이라고도 불렀다. 관백은 본래 관직 명칭이 아니라 '진술하다' 또
는 '아뢰다'의 뜻이었으니,《한서(漢書)》〈곽광금일제전(霍光金日磾傳)〉에 보면, "모든 일
은 먼저 곽광(霍光)에게 아뢰고, 그런 뒤에 천자에게 아뢰었다.[諸事皆先關白光, 然後奏天
子.]"라고 하였다.

264 군부 : '무비(武備)'는 무비사(武備司)의 준말로, 조선시대 병조(兵曹)에 속한 관직 명
칭이며 군적(軍籍)·마적(馬籍)·병기(兵器)·전함(戰艦)·점열(點閱)·군사 훈련 따위에 관
한 일을 맡아보았는데, 여기서는 당시 일본의 군부를 지칭한 듯하다.

265 항하수 : '항하(恒河)'는 인도의 갠지스 강으로 인도 북부를 동서로 가로질러 벵골만
(灣)으로 흘러든다. 힌두교도 사이에서는 이 강물에 목욕재계하면 모든 죄를 면할 수 있으
며, 죽은 뒤에 이 강물에 뼛가루를 흘려보내면 극락에 갈 수 있다고 믿고 있다.

266 멋진 전각 : '금벽(金碧)'은 금전벽우(金殿碧宇)의 준말로, 멋지고 훌륭한 전각이나 건
물을 말한다.

267 비단 휘장 : '기라(綺羅)'는 화려하고 아름다운 휘장이나, 비단옷을 입은 부귀한 부녀
자를 가리킨다.

268 기주 청주 :《서경》〈우공(禹貢)〉에 구주(九州)를 기(冀)·곤(袞)·청(青)·서(徐)·양(揚)·
형(荊)·예(豫)·양(梁)·옹(雍)로 나누었다. 여기서 기청(冀青)은 기주(冀州)와 청주(青州)를
가리킨다.

진나라 초나라보다 병기 한결 많구나.   甲兵秦楚更多多

뽕나무 활 만드는 건[269] 대장부의 일이니   桑弧自是男兒事

구리기둥 세우던[270] 마복파[271]가 있었구나.   銅柱曾經馬伏波

---

269 뽕나무 활 만드는 건 : '상호(桑弧)'는 뽕나무로 만든 활인데, 여기서는 상호시지(桑弧
矢志) 또는 상호봉시(桑弧蓬矢)의 준말로 옛날에 남자가 태어나면 뽕나무로 활을 만들고
쑥대로 화살을 만들어 천지 사방에 쏘아서 장차 천지 사방에 뜻을 두어야 함을 나타냈는데,
큰 뜻을 품거나 큰 포부를 갖도록 면려하는 말로 사용하였다.

270 구리기둥 세우던 : '동주(銅柱)'는 전설 속에 하늘 가둥[天柱]으로 《신이경(神異經)》에
"곤륜산에 구리기둥이 있는데 그 높이가 하늘로 들어갈 정도여서 천주라고 이른다.[崑崙之
山, 有銅柱焉, 其高入天, 所謂天柱也.]라고 하였다. 여기서는 동한(東漢) 광무제(光武帝)
때 장수 마원(馬援)이 변방 지역에 구리기둥을 세워 한나라 남쪽지방 끝에 변방 경계를
표시한 일을 말한다.

271 마복파 : 마원(馬援) 장군을 말하니, '복파(伏波)'는 장군에게 내려주는 봉호(封號)로,
파도를 항복시킨다는 뜻이다.

번민
悶

떠돌다 오랑캐 마을 머문 날	旅泊蠻鄕日
가을바람 더욱 쓸쓸하구나.	秋風更颯然
나그네 시름을 금하지 못하니	不禁愁伴客
문득 하룻밤이 일 년 같구나.	便覺夜如年
옛 성에 돌아가는 구름 걷히자	古郭歸雲歛
먼 허공 조각달 걸려 있네.	遙空片月懸
고향 동산 바다 너머 있으니	故園滄海外
편지 그 누가 전해 줄는지	書札竟誰傳

용주가 두릉[272]의 〈추흥 8수〉의 운으로 쓴 시[273]에 차운하다

조부사의 호이다

次龍洲 用杜陵秋興八首韻 趙副使號

들판 너머 감귤 숲 곁에 절집 쓸쓸이	野寺蕭疎倚橘林
저문 산 구름 걷히자 구슬이 주렁주렁.	暮山雲捲玉森森
가을 깃든 버들 길에 매미 아직 시끄럽고	秋生柳巷蟬猶噪
밤 깊은 대나무 창에 달빛 절로 그늘 지네.	夜久筠窓月自陰
장석은 고향 그리는 생각 금하지 못하고[274]	莊舃不禁懷土念
마경은 떠도는 벼슬살이 몹시 싫어했다네.[275]	馬卿偏惱倦遊心
겨울옷 입을 철이 얼마 남지 않았는지	寒衣節候知無幾
시름 잊은 오랑캐 마을 곳곳마다 다듬이질.	愁絶蠻鄕處處砧

---

272 두릉 : 당나라 시인 두보를 말한다.

273 용주가 두릉의 〈추흥〉 8수의 운을 쓴 시 : 조경의 《동사록》에 실려 있는 〈17일에 노두(老杜)의 추흥(秋興) 여덟 수를 차운하다[十七日次老杜秋興八首]〉를 말한다. 두보의 〈추흥(秋興)〉은 55세 때인 대력(大曆) 원년(766) 가을에 지은 것으로, 초여름에 성도(成都)를 떠나 가을에 운안(雲安)까지 왔다가 병이 심해져 이곳에서 겨울을 보내고 다음해 봄에 몸이 나아서 기주(夔州)로 왔다고 하였다.

274 장석은 …… 못하고 : 전국시대 월(越)나라 장석(莊舃)은 초(楚)나라에서 벼슬하다가 병이 들자 자신도 모르게 월나라 말을 하며 고향 땅을 그리워했다고 한다.

275 마경은 …… 싫어했다네 : '마경(馬卿)'은 한나라 문장가 사마상여(司馬相如)의 자이다. '권유(倦遊)'는 다른 나라 또는 먼 객지를 떠돌면서 벼슬살이하는 것을 싫어하는 것을 말한다. 사마상여가 한나라 경제(景帝)를 섬기다가 경제가 문학을 좋아하지 않자, 그의 동생 양(梁)나라 효왕(孝王)이 문인을 우대하므로 한나라 관직을 내놓고 양나라로 갔는데 얼마 되지 않아서 효왕이 죽자 다시 고향으로 돌아온 일에 의거하여 말한 것이다.

올 한해도 그럭저럭[276] 저녁 해가 기울고   年紀蹉跎暮景斜
늙은 몸은 꼬장꼬장[277] 귀밑머리 세었도다.   殘骸傲兀鬢成華
전원으로 돌아가 연명 노래[278] 못 이루고   歸田未就淵明賦
병든 몸이 부질없이 박망 뗏목[279] 타도다.   扶病空乘博望槎
북쪽바다 찬 서리에 사행길이 어려웠고   北海淸霜凋玉節
변성[280]의 추운 밤 꿈 피리소리에 깨었도다.   汴城寒夢攪金笳
타향에서 이날에 누대 올라[281] 보지마는   殊方此日登樓處
강랑의 붓[282] 낡아버려 매우 부끄럽구나.   深愧江郞筆退花

성긴 문발 천천히 말아 지는 노을 마주하니   漫捲踈簾對落暉
늘그막에야 벼슬살이 시답잖은 줄 알겠구나.   暮年偏覺宦情微

---

276 그럭저럭 : '차타(蹉跎)'는 발을 헛딛거나, 때를 놓치거나, 또는 쇠퇴하거나, 실의하여
세월을 헛되이 보내거나, 물건이 가지런하지 않은 모양을 나타내는 말이다.
277 꼬장꼬장 : '오올(傲兀)'은 오안(傲岸) 또는 고오(高傲)와 같은 말로, 고상하고 거만함
을 말한다.
278 연명 노래 : 진나라 도잠(陶潛)의 〈귀거래사(歸去來辭)〉를 말한다.
279 박망 뗏목 : '박망사(博望槎)'는 뗏목 타고 하늘 궁궐에 이르는 것을 가리키니,
곧 사신이 배를 타고 사행 가는 일을 말한다. 한나라 무제(武帝)가 장건(張騫)에게
황하(黃河)의 근원을 찾도록 하여 뗏목 타고 한달 넘게 가서 어느 한곳에 이르렀는데
성곽이 관부(官府)와 같고 실내에는 직녀가 있으며, 또 견우(牽牛)가 황하를 마시는
것을 보았다는 고사이다.
280 변성 : '변성(汴城)'은 오대(五代) 양(梁)·진(晉), 한(漢)·주(周)와 북송(北宋)의 도성으
로, 지금의 하남성(河南省) 개봉시(開封市)를 말한다.
281 누대 올라 : '등루(登樓)'는 한나라 말기에 왕찬(王粲)이 동탁(董卓)의 난리를 피하여
형주(荊州)에서 타향살이하면서 고향으로 돌아갈 것을 생각하며 〈등루부〉를 지었는데,
여기서는 고향을 생각하는 것을 말한다.
282 강랑의 붓 : '강랑(江郞)'은 양(梁)나라 강엄(江淹)으로 크게 문명을 날렸으나 꿈속에서
곽박을 만나 오색(五色)의 붓을 주고 나서부터 글 쓰는 재주가 사라졌다고 하였다.

일찍이 바다에 가서는 용이 눕는 걸[283] 좋아했고	曾從滄海甘龍臥
푸른 구름[284] 향하고선 날기 배운 걸 뉘우쳤도다.	悔向靑雲學鳥飛
우주 안에 바람먼지 하루라도 그침 없고	宇內風塵無日了
세상살이 내 모습이 마음과 어긋났구나.	世間蹤跡與心違
몸뚱이는 죽고 나면[285] 모두 다 사라지거늘	形骸土木俱銷盡
상산 얼굴 반곡보다 훌륭한지 난 모르겠네.[286]	未信商顏勝後肥

세상살이 지난 몇 해 바둑돌을 쌓는 듯해[287]	世事年來若累棊
모든 곳에 많은 환란 슬픔만이 넘쳤도다.	萬方多難有餘悲
전란 자취 온 땅 가득 오늘까지 이어지고	干戈滿地仍今日
폐백 싣고 가는 중국 사신 어느 때 다시 할까?	玉帛朝天更幾時

---

283 용이 눕는 걸 : '용와(龍臥)'는 고결한 선비가 은거하는 것을 비유하는 말이다.

284 푸른 구름 : '청운(靑雲)'은 높은 지위나 벼슬을 비유하는 말이다.

285 죽고 나면 : '토목(土木)'은 분묘(墳墓)와 관재(棺材)를 가리키니, 사람이 죽는 것을 말한다.

286 상산 얼굴 …… 나 몰라라 : 《한서》에서 '상안(商顏)'을 상애(商崖)로 읽어야 하고 산 이름이라 하였으며, 안사고는 상산(商山)의 얼굴이라 하여 상산을 사람의 얼굴에 비유한 것이라고 하였다. 진나라 말엽과 한나라 초엽에 상산에 은둔했던 네 명의 은사 상산사호(商山四皓), 곧 동원공(東園公)·기리계(綺里季)·하황공(夏黃公)·녹리선생(甪里先生)은 진(秦)나라의 학정을 피하여 상산에 은둔했는데 한나라 고조(高祖) 유방(劉邦)이 불러도 응하지 않다가 장량(張良)의 요청으로 태자를 도와 왕권을 안정시킨 뒤에 다시 은둔하였다. '후비(後肥)'는 뒷날의 토비반곡(土肥盤谷)이라는 뜻이며, 반곡(盤谷)은 당나라 이원(李愿)이 은거했던 곳을 말한다. 이원이 무녕절도사(武寧節度使)가 되었다가 죄를 얻어 파직 당하자 벼슬에 나가기를 좋아하지 않고 처음에 살던 반곡으로 돌아가 은거하였다는 내용이 한유(韓愈)의 〈송이원귀반곡서(送李愿歸盤谷序)〉에 보인다. 두 가지 모두 관직에서 물러나 전원으로 돌아가서 살고 싶은 심정을 나타낸 것으로 보인다.

287 바둑돌을 쌓는 듯해 : '누기(累棊)'는 바둑돌을 쌓는 것을 말하니, 세상살이가 뜻대로 되지 않고 어려움을 비유하는 말이다.

요동 변방 풀 말라도 까마귀 머리 세지 않고[288]	遼塞草枯烏未白
궁궐 동산[289] 가을 이른데 기러기만 늦는구나.	上林秋早鴈偏遲
명성 닦아 못 섰건만 부질없이 몸이 늙어	脩名不立身空老
집안 나라 태평함을 꿈에서도 생각하도다.	家國昇平秪夢思

봉래산 죽 둘러보니 바다 위의 산	閱盡蓬萊海上山
신선들 두렷이 고요 속에 보이네.[290]	神仙宛見默存間
대장부 장한 뜻이 구리기둥[291] 이르렀고	男兒壯志來銅柱
늘그막에 고향 그려 옥문관[292]에 들었구나.	暮景歸心入玉關
시름 속에 자꾸만 구름 속 달을 보고	愁裏頻看雲裏月
나그네 거울 속 얼굴 너무나 바뀌었네.	客中偏換鏡中顔
여관의 맑은 밤 꿈 참 딱하기도 하지	深憐旅舘淸宵夢
날마다 대궐문 향해 아침 하례 가는구나.	日向金門趁曉班

---

288 까마귀 머리 세지 않고 : '오백(烏白)'은 까마귀의 검은 머리가 하얗게 변한다는 뜻으로 실현될 수 없는 일을 비유하는 말이다. 연나라 태자 단(丹)이 진(秦)나라에 인질로 잡혀 있다가 귀국시켜 줄 것을 호소하자, 진(秦)나라 왕이 "까마귀머리가 하얗게 변하고, 말머리에 뿔이 나면 돌아가게 해주겠다.[烏頭白, 馬生角, 乃許耳.]"라고 했는데, 이에 태자가 하늘을 우러르며 탄식하자 금방 그렇게 변하였다는 전설이 있다.

289 궁궐 동산 : '상림(上林)'은 임금의 원유(園囿), 또는 옛날 궁궐 동산 이름이다.

290 고요 속에 보이네 : '존묵(默存)'은 형체가 움직이지 않고 정신적으로 고요하게 노니는 것을 말한다.

291 구리기둥 : '동주(銅柱)'는 전설 속에 하늘 가둥[天柱]으로 《신이경(神異經)》에 "곤륜산에 구리기둥이 있는데 그 높이가 하늘로 들어갈 정도여서 천주라고 이른다.[崑崙之山, 有銅柱焉, 其高入天, 所謂天柱也.]라고 하였다. 여기서는 동한(東漢) 광무제(光武帝) 때 장수 마원(馬援)이 변방인 교지국(交趾國)을 원정(遠征)한 뒤에 두 개의 구리 기둥을 세워 한나라와 남쪽 나라의 경계선을 표시한 일을 말한다.

292 옥문관 : '옥관(玉關)'은 옥문관(玉門關)으로 감숙성(甘肅省) 돈황(燉煌) 부근의 서역(西域)으로 통하는 관문인데, 보통 변방의 관문을 가리키는 말로 쓰인다.

객창의 밤을 이어 칼머리[293] 꿈꾸나니	客窓連夜夢刀頭
잎 지는 강마을도 또 이 가을이리라.	搖落江鄕又是秋
바닷물 들고나는 먼 하늘 해 뜨고 지며	積水長天朝暮影
센 살쩍에 선탑사리[294] 시름 그친 적 없네.	鬓絲禪榻古今愁
세상살이[295] 새장 속 새만 같아	行莊漫似籠中鳥
꼬락서니 갈매기가 늘 부끄럽네.	身世長慚海上鷗
이름 굴레 벗어나서 깨인 것이 좋으리니	脫得名韁醒亦可
양주자사 얻으려고[296] 이 일 저 일 말지어다.	不須多事乞凉州

---

293 칼머리 : '도두(刀頭)'는 도환(刀環)과 같은 뜻으로, 칼자루의 둥근 고리 부분을 말한다. 환(環)은 '환(還)'의 은어로서 환귀(還歸)를 뜻하며, 고향으로 돌아가고픈 마음을 나타낸 것이다.

294 센 살쩍에 선탑사리 : 당나라 시인 두목(杜牧)이 젊은 시절에 호주(湖州)의 누정에서 즐겁게 물놀이하며 아름다운 여인과 가연(佳緣)을 기약했다가, 늘그막에 절간에서 지내며 지은 시에, "오늘의 센 살쩍이 선탑 옆에서 지내나니, 차 달이는 연기가 꽃 지는 바람에 가벼이 나부끼네.[今日鬓絲禪榻畔, 茶煙輕颺落花風.]"라고 하였는데, 소식(蘇軾)이 이를 인용해서 "센 살쩍이 다만 선탑을 마주할 수 있으니, 호주 누정의 즐거운 물놀이야 필요치 않아라.[鬓絲只可對禪榻, 湖亭不用張水嬉.]"라고 번안한 시가 있다.

295 세상살이 : '행장(行藏)'은 출처 또는 행동거지를 가리키니, 세상에 나서고 집에 있는 일을 말한다. 《논어》〈술이(述而)〉에 보면, "공자가 안연에게 말하기를, '등용되면 도를 행하고, 버려지면 몸을 숨겨야 하니 오직 나와 너만이 이것을 하겠구나!'라고 하였다.[子謂顔淵曰, '用之則行, 舍之則藏, 唯我與爾有是夫!']"는 데서 나온 말이다. '행장(行莊)'은 '행장 (行藏)'의 오기이다.

296 양주자사 얻으려고 : 《후한서》〈장량열전(張讓列傳)〉에 의하면, 후한 영제(靈帝) 때에 환관 장양(張讓)이 열후(列侯)에 봉해지자 맹타(孟佗)가 장양의 감노(監奴)와 하인들을 극진히 대접하며 선물을 많이 주었다. 감노가 소원을 묻자 맹타가 "나의 소망은 너희들이 나에게 절 한 번 해 주는 것이다."라고 하였는데, 마침 장양에게 청탁하려는 빈객들이 모였을 때 맹타가 찾아가자 감노가 하인들을 이끌고 맹타에게 절을 하니, 빈객들이 장양보다 더 위세가 있는 것으로 생각하고 맹타에게 뇌물을 바쳤다. 이에 맹타가 그 뇌물을 모두 장양에게 주니 장양이 크게 기뻐하여 맹타를 양주자사(凉州刺史)로 삼았다고 한다. 또 《예문유취(藝文類聚)》〈돈황장씨가전(敦煌張氏家傳)〉에 의하면, 부풍 사람 맹타가 포도주 1승 (升)을 장양에게 주고 양주자사로 불리게 되었다고 한다.

살아가며 부끄럽게 세상 구한 공 없고	處世慚無濟世功
반평생을 허망하게 갈림길에 늙었도다.	半生虛老路歧中
귀밑머리 세어버려 천 가닥 눈발인데	還將衰鬢千絲雪
바다에 배 타고 만 리 바람 맞는구나.	來駕滄溟萬里風
술잔에 담긴 미주²⁹⁷ 흰 이슬에 섞이고²⁹⁸	盃面瓊漿和露白
언덕 위의 나뭇잎이 붉은 노을에 젖는구나.	岸頭山葉浸霞紅
인간세상 길흉화복²⁹⁹ 분수 따를 따름이니	人間倚伏聊隨分
잘잘못을 번거로이 변방노인³⁰⁰께 물을까?	得失寧煩問塞翁

파산³⁰¹ 남쪽 물가에 강줄기 구불구불	坡山南畔水逶迤
천 이랑 유리 물결 미파³⁰² 같구나.	千頃琉璃似渼陂
연못 위엔 빗물 받친 연꽃잎 떠있고	池面不無擎雨蓋
울타리 가엔 서리 이긴 국화가 있네.	籬邊亦有傲霜枝
십년이면 산과 강이 변한다고 하거늘	十年天地山河變

297 미주 : '경장(瓊漿)'은 선인(仙人)의 음료라고 하는데, 보통 미주(美酒)를 뜻한다.

298 흰 이슬에 섞이고 : '노백(露白)'은 맑은 이슬로, 이슬이 내릴 때 넓은 그릇에 이슬을 받아 빚은 술을 추로백(秋露白)이라 하며, 그 맛이 매우 향긋하다고 한다.

299 길흉화복 : '의복(倚伏)'은 노자의 《도덕경》에 "재앙은 복이 기대고 있는 것이요, 복은 재앙이 엎드려 있는 것이다.[禍兮福所倚, 福兮禍所伏.]"에서 나온 말로, 재앙이 변하여 행복이 되고, 행복이 변하여 재앙이 되는 것을 예측할 수 없다는 말이다.

300 변방노인 : '새옹(塞翁)'은 《회남자》〈인간훈(人間訓)〉에 나오는 '새옹실마(塞翁失馬)'의 고사를 말한다. 인간사의 나쁜 일과 좋은 일은 항상 번갈아 생겨 예측할 수 없다는 새옹지마(塞翁之馬)의 뜻이며, 변방노인은 외물에 얽매이지 않고 세상의 득실을 마음에 두지 않은 초연한 늙은이를 가리킨다.

301 파산 : 경기도 파주의 옛 이름이다.

302 미파 : 섬서성(陝西省) 호현(鄠縣) 서쪽에 있는 호수로, 일찍이 두보는 잠삼의 형제와 함께 이 물에서 놀고 난 뒤에, "잠삼의 형제 모두 기이한 것을 좋아하여, 나를 맞아 멀리 미파에 와서 놀았도다.[岑參兄弟皆好奇, 邀我遠來遊渼陂.]"라는 시를 지었다.

한번 고향 이별한 뒤 해가 바뀌었구나.　　　　一別江湖歲序移

이 몸 돌아가지 못함이 서럽구나.　　　　　　惆悵此身歸未得

꿈속에 담쟁이넝쿨 아직도 치렁치렁한데.　　夢中蘿碧尙垂垂

23일 일광산³⁰³을 향해 출발하여 낮에 쉬다
二十三日 發向日光山 午憩

아스라한 긴 들녘이 바닷가 곁하고	澶漫長郊傍海涯
언덕 굽고 둑 휘고 길마저 구불구불.	岸回堤曲路逶迤
오송³⁰⁴ 물 떨어진 데에 물고기가 아름답고	吳松水落魚仍美
몽택³⁰⁵에 가을 드니 벼 이삭이 고개 떨궈.	夢澤秋生稻欲垂
향긋한 풀과 흰 구름 들길에 이어지고	芳草白雲連野徑
삼나무와 감귤나무 마을 두른 울타리라.	綠杉蒼橘繞村籬
우리들의 사신 임무 일만 많아도	吾生行役偏多事
구름 안개³⁰⁶ 볼 적마다 시를 읊네.	一望煙霞一詠詩

---

303 일광산 : 일본 도쿄에서 북쪽에 위치한 혼슈[本州] 토치기[栃木] 현에 있는 닛코[日光]
산으로, 주요 국립공원이며 세계문화유산으로 등록된 닛코도쇼쿠[日光東照宮]가 있다.
1643년 일본으로 간 통신사의 주요 임무는 도쿠가와 이에쓰나[德川家綱]의 탄생을 축하하
고, 닛코도쇼쿠[日光東照宮]의 낙성을 축하하는 일도 있었다. 닛코[日光]산에 있는 도쇼[東
照]궁은 1616년에 도쿠가와 이에야스가 죽자 닛코산에 장사 지내고 그 이름을 도쇼다이곤
겐[東照大權現]이라 하고 사당을 곤겐도[權現堂]라고 하였다. 1642년에 서쪽 근처에 3대
장군 이에미쓰[家光]의 묘 다이이엔[大猷院]이 조성되고, 그 뒤에 4대 장군 이에쓰나[家綱]
의 원당 겐유인[嚴有院]도 세워졌다. 지금 도쇼궁 동남쪽 계단 아래에는 인조가 보낸 동종
(銅鐘)이 있는데, 택당 이식이 명문을 쓰고 오준이 글씨를 써서 새겼다고 되어 있다.
304 오송 : 오송강(吳松江)으로 소주하(蘇州河)라고도 하며, 중국 소주(蘇州)와 상해(上海)
사이의 수로인데, 여기서는 닛코[日光]산 근방에 있는 물 이름인 듯하다.
305 몽택 : 중국 초(楚)나라의 커다란 연못인 운몽택(雲夢澤)을 말하는데, 여기서는 닛코
[日光]산 근방에 있는 호수 이름인 듯하다.
306 구름 안개 : '연하(煙霞)'는 구름 노을이나, 물안개나, 산수 또는 산림이나, 홍진(紅塵)
의 속세를 가리키는 말이다.

7월 24일 낮에 신율교에서 쉬다[307]
二十四日 午憩新栗橋

역정은 가랑비에 길 질지 않아서	驛亭微雨不成泥
꽃풀 어린 푸른 잔디 말굽이 밟고 간다.	芳草青莎迸馬蹄
길거리[308] 실타래처럼 강 좌우에 이어지고	井絡絲聯江左右
솔과 대 그늘 덮혀 짙고 옅게 그림자 진 길.	松篁陰覆路高低
무지개 백 척으로 멀리 강을 가로지르고	晴虹百尺遙橫水
소금배 일천 돛대 제방 절반 가렸구나.	塩舶千檣半隱隄
사신 임무로 세상천지 다 다녀보고	行役已窮天地表
살아온 발자취[309] 동서에 미쳤구나.[310]	世間鴻跡遍東西

---

307 7월 24일 낮에 신율교에서 쉬다 : 《계미동사일기》에 의하면, 사신 일행은 7월 23일에 도를 떠나 조벽(槽壁)에서 묵은 뒤, 24일에 신률천(新栗川)에 도착하여 점심을 먹고 신률천의 부교(浮橋)를 건넜는데, 역시 강호 땅으로 조벽(槽壁)에서 신률교(新栗橋)까지 10리, 신률에서 소산(小山)까지 50리라고 하였다.

308 길거리 : '정락(井絡)'은 진(晉)나라 좌사(左思)의 《촉도부(蜀都賦)》에서 "민산의 정기는 위가 정락이 된다.[岷山之精, 上爲井絡.]"라고 하였는데, 민산의 땅은 위가 정락(井絡)이 되니 천제가 창성함을 모이게 하고 신들이 복을 세운다고 하여 민산의 정기라고 보았다. 여기서 '정락(井絡)'은 길거리를 의미한다.

309 발자취 : '홍적(鴻跡)'은 기러기들의 발자국으로, 사람의 발자취를 가리키는 말이다.

310 동쪽서쪽 미쳤구나 : 일본과 중국에 사신으로 간 것을 말한다.

저녁에 우도궁[311]에 이르다
夕抵宇都宮

역정에서 하루 종일 흙탕길 걱정하다가	驛亭終日恂衝泥
저녁빛 어둑어둑해지며 더 어쩔 줄 모르겠네.	暝色迢迢意轉迷
가랑비 뿌리는데 구름이 산 주위에 어지러웁고	踈雨亂雲山遠近
다리 끊긴 기운 언덕에 강물이 이리저리 넘실대네.	斷橋欹岸水東西
공명이 매미날개처럼 가벼움을 깨달아 가는데	功名漸覺輕蟬翼
사행 중에 말발굽 빠질까 공연히 걱정하네.	行役空愁脫馬蹄
대침상 잠시 빌려 나그네 잠 기대는데	蹔借竹床憑旅枕
밤이 되자 가을 기운 으슬으슬 퍼지도다.	夜來秋氣漫悽悽

311　우도궁 : '우도궁(宇都宮)'은 도치기[栃木] 현 중부에 있는 우쓰노미야[宇都宮] 시를
말한다. 《계미동사일기》에 의하면, 7월 25일에 비가 내렸는데 아침에 소산을 떠나 석교(石
橋)에서 점심을 먹고, 저녁에 우도궁(宇都宮)에 도착하였다고 하였다.

우도궁에서 밤에 부르다
宇都宮夜號

뜨락 나뭇잎 가을바람에 지고	庭葉秋聲落
바닷가 마을 빗기운에 잠겼네.	沙村雨氣沉
성긴 문발에 불빛 어른대고	疎簾搖燭影
찬 섬돌에 귀뚜라미 우네.	寒砌咽蛩音
오랜 나그네 시름 누구와 애기할꼬?	久客愁誰語
긴 여정에 귀밑머리만 더부룩하구나.	長途鬢易森
적막하고 쓸쓸한 오랑캐 땅 객관이라	寂寥蠻舘裏
고향 그리는 마음이 들썩이는구나.	偏攪故園心

일광산[312] 세 수
日光山 三首

하야[313] 명승지 일본 동쪽 자리하고	下野名區日域東
이황산[314] 형세는 겨룰 산이 없네.	二荒形勢孰爭雄
한산[315]의 시 등원[316]이 썼으며	寒山文字藤原筆
각로[317] 가람은 승도[318] 스님 지었네.	覺路伽藍勝道宮
신선 학이 아직도 폭포 가 사당에 살고	仙鶴尙棲臨瀑社
신령한 뱀[319]은 일찍이 다리 놓는 일[320] 했네.	靈蛇曾辦濟川功

---

312 일광산 : 도치기[栃木] 현 닛코[日光] 시에 있는 일광산에는 후타라산진자[二荒山神寺], 닛코도쇼구[東照宮], 닛코린노지[輪王寺]가 있다. 《계미동사일기》에 의하면, 7월 27일 이른 아침에 떠나 일광산(日光山)에 이르렀는데, 산관교(山菅橋)를 건너 절에 도착하자 '동조대권현(東照大權現)'이라는 왜황(倭皇)의 친필이 보였다고 하였다.

313 하야 : 일본 간토[關東] 지방의 토치기[栃木] 현 남부에 있는 시모스케[下野] 시를 말한다. 일광산은 닛코 시에 있고, 우도궁(宇都宮)은 시모스케 시에 있다.

314 이황산 : 일광산의 주봉인 후타라[二荒]산으로 닛코 지방에서 신앙의 중심이 되는 산이다. 산세가 아름다워 닛코의 후지(富士)라고 불릴 정도이다. 1871년 메이지[明治] 정부는 이곳에 후타라산진자[二荒山神寺], 도쇼구[東照宮], 린노지[輪王寺]를 두어 종교 기관의 역할을 맡겼다고 한다.

315 한산 : 당나라의 선승으로 천태산(天台山) 국청사(國淸寺)의 풍간선사(豊干禪師)의 제자(弟子)이다. 선도(禪道)에 오입(悟入)하여 습득(拾得)과 함께 문수(文殊)의 화신(化身)이라 일컬었으며, 선시(禪詩)를 개도하였다.

316 등원 : 일본의 유명한 성씨인 후지와라[藤原]를 말한다.

317 각로 : '각로(覺路)'는 불교에서 말하는 각로(覺路)와 몽로(夢路) 가운데 하나다. 각로는 깨달음을 얻어 근본으로 돌아가 성인의 경지에 이르게 되는 길이고, 몽로는 미혹되어 근본을 버리고 육도(六道)를 윤회하게 되는 길이다. 여기서는 일본의 각로사를 말한다.

318 승도 : 8세기 말 승려인 쇼도[勝道]는 오래 전부터 숭배의 대상이었던 닛코산 비탈에 처음 사찰을 지었는데, 12세기 말 간토[關東] 지역에 가마쿠라[鎌倉] 막부가 세워지면서 간토 지역의 주요 성지로서 입지를 강화하게 되었다.

319 신령한 뱀 : 《수신기(搜神記)》에 의하면, 수(隋)나라 왕이 외출 중에 큰 뱀이 다쳐서

쭈그렁 늙은이[321]도 전생 일을 깨우치고　　　　龍鍾亦悟前身事

망상[322] 중에도 깊은 진리[323] 얻는구나.　　　　今得玄珠罔象中

하늘 밖 신선 산 사방 둘러 푸르고　　　　　　　天外仙山碧四圍

비 젖은 영취산 날아갈 듯 우뚝하네.　　　　　雨餘靈鷲健如飛

봉우리 윤왕 집[324] 끌어안아 지키고　　　　　峯巒擁護輪王宅

구름 비단 직녀 베틀 오가는 겐가.　　　　　　雲錦縱橫織女機

바람결에 봉황피리[325] 아득히 들려오고　　　　風送鳳簫聲縹緲

햇볕 쬐인 금빛 사원 그림자 아른대네.　　　　日蒸金穴影霏微

괴로워하는 것을 보고 치료해 주게 하였는데, 나중에 그 뱀이 밤에 달처럼 환히 비치는 구슬을 바쳐 보은(報恩)했다는 이야기가 있는데, 이 구슬을 명월주(明月珠) 또는 영사주(靈蛇珠)라고 한다.

320 다리 놓는 일 : '제천공(濟川功)'은 제천공덕(濟川功德) 또는 월천공덕(越川功德)을 말한다. 공덕은 장차 좋은 과보를 얻기 위해 쌓는 선행으로, 불교에서 가장 중시하는 행위의 하나이다. 공덕의 종류에는 냇물에 징검다리를 놓아 다른 사람들이 쉽게 건널 수 있게 하는 월천공덕(越川功德), 가난한 사람에게 옷과 음식을 주는 구난공덕(救難功德)·걸립공덕(乞粒功德), 병든 사람에게 약을 주는 활인공덕(活人功德) 등이 있으며, 선한 마음으로 남을 위해 베푸는 모든 행위와 마음 씀씀이가 모두 공덕이 된다.

321 쭈그렁 늙은이 : '용종(龍鍾)'은 노쇠한 모양, 또는 늙어서 볼품 없는 모양을 말한다.

322 망상 : '망상(罔象)'은 어린아이 모습에 낯이 푸르고 몸과 털이 붉으며 빨간 손톱, 큰 귀, 긴 팔을 가진 물귀신이다. 또는 이치에 맞지 않는 망령된 생각을 지칭하는 말로도 쓰인다.

323 깊은 진리 : '현주(玄珠)'는 도가(道家)에서 깊은 진리(眞理)를 비유적으로 이르는 말이다.

324 윤왕 집 : '윤왕택(輪王宅)'은 닛코 이황산에 있는 린노지[輪王寺]를 말한다. '윤왕(輪王)'은 전전법륜왕(輾轉法輪王)의 준말이다.

325 봉황피리 : '봉소(鳳簫)'는 아악(雅樂)에서 쓰는 관악기의 하나로, 대나무로 만든 16개의 대롱을 나무틀에 꽂고, 대롱의 끝을 밀랍으로 봉한 다음 대롱마다 부는 구멍을 만들었는데, 대롱의 길이는 양쪽 끝이 가장 길며 가운데로 갈수록 점차 짧아져서 봉황의 날개를 닮았다고 한다.

짚고 다닌 구절장[326] 노오[327] 지팡이이니　　　　平生九節盧敖杖

붉은 사다리[328] 달려 올라가 한바탕 옷을 털리라.　　走上丹梯一振衣

한 구역의 명승지가 동남에서 으뜸이니　　　　一區形勝擅東南

하늘 끝이 아스라이 쪽빛처럼 푸르구나.　　　　天末微茫碧似藍

선심 달빛 법신 구름[329] 머무는 자각사요　　　　禪月法雲慈覺寺

옥빛 모래 금빛 땅[330]에 적광암이로세.　　　　玉沙金地寂光菴

여울 물 꼭대기에서 천 켜의 폭포수 마구 쏟아지고　　瀧頭亂濺千層瀑

봉우리 가운데에 십리 못을 담고 있구나.　　　　峯頂中涵十里潭

두릉[331]이 일찍이 한탄한 게[332] 무척 우습도다　　深笑杜陵曾有恨

326　구절장 : '구절(九節)'은 신선이 사용하는 지팡이를 말한다.

327　노오 : 주나라 때 벼슬을 하지 않고 숨어살던 은사 노오(盧敖)가 북해(北海)에서 노닐다가 몽곡산(蒙穀山) 꼭대기에서 한 선비를 만나 그와 벗하려 하자 그가 웃으며 말하기를, "나는 남쪽으로 망량(罔兩)의 들판에서 노닐고 북쪽으로 침묵(沈默)의 고을에서 쉬며, 서쪽으로 요명(窅冥)의 마을을 다 다니고 동쪽으로 홍몽(鴻濛)의 앞을 꿰뚫고서 구해(九垓)의 위에서 한만(汗漫)과 노닐려 하오."라 하고는 팔을 들고 몸을 솟구쳐 구름 속으로 들어갔다. 이에 노오가 우러러보며, "나를 그대에 비기면 마치 홍곡(鴻鵠)에 대해 양충(壤蟲) 같구려."라고 하였다.

328　붉은 사다리 : '단제(丹梯)'는 신선 세계를 찾아가는 험한 산길을 말한다.

329　법신 구름 : '법운(法雲)'은 법운지(法雲地)를 말하니, 대승불교에서 보살이 수행하는 열 번째의 계위(階位)로 대법지(大法智)를 성취하는 지위이니, 법신(法身)이 허공 같고 지혜가 큰 구름[大雲] 같은 것이다.

330　금빛 땅 : '금지(金地)'는 보살이 거주하는 황금이 깔린 땅으로 불교 사원을 가리킨다.

331　두릉 : 당나라 시인 두보(杜甫)를 가리키는 말로, 두릉은 그의 일족이 세거(世居)하던 곳이다.

332　일찍이 한탄한 게 : 두보의 〈등고(登高)〉는 두보(杜甫)가 56세 가을에 사천성(四川省)의 기주(夔州)에 살 때 지은 시로, 장강(長江)이 내려다보이는 높은 누대에 올라 가을 경치를 읊은 작품이다. 낙엽이 떨어지는 쓸쓸한 가을풍경을 바라보며 고달픈 늘그막의 무상함과 외롭고 쓸쓸한 심정을 한탄하였다. "바람은 세차고 하늘은 높고 원숭이 소리 슬프며,

이 몸이 오늘 모두 더듬으며 구경했노라. 　　　　　　此身今日得窮探

맑은 물가 하얀 모래톱에 새가 나는구나. 가없이 지는 나뭇잎이 우수수 떨어지고, 끊임없이 장강이 출렁출렁 흘러오도다. 만 리 밖 떠도는 슬픈 가을 항상 나그네 되어, 백 년 인생 병 많은 몸이 홀로 누대에 오르도다. 가난하고 고달픈 한에 귀밑머리 왕창 세고, 늙고 초췌하여 새롭게 탁주잔을 멈추도다.[風急天高猿嘯哀, 渚淸沙白鳥飛迴. 無邊落木蕭蕭下, 不盡長江滾滾來. 萬里悲秋常作客, 百年多病獨登臺. 艱難苦恨繁霜鬢, 潦倒新停濁酒杯.]”

일광사[333]
日光寺

겹친 산과 층진 봉에 오솔길이 뚫려있고	複嶂層巒一徑穿
높은 곳에 불전 있어 산마루에 기댔도다.	上方臺殿倚山巓
천화[334] 잠깐 흔들려서 삼송나무[335]에 떨어지고	天花乍拂杉松落
불일[336] 멀리 의희하여 벽려[337]에 매달려있도다.	佛日遙依薜荔懸
경원[338]의 저문 구름에 원숭이 선정을 배우고[339]	經院暮雲猿學定

---

333 일광사 : 닛코린노우지[日光輪王寺]를 말한다.

334 천화 : 불교 경전 속에는 연꽃이 천상세계에도 있다고 하는데 이를 천화(天花)라고 하며, 부처가 설법을 하거나 어떤 상서로운 조짐이 일어날 때 하늘에서 연꽃이 뿌려진다고 한다.

335 삼송나무 : '삼송(杉松)'은 상록 교목으로 일본 특산종이니, 피라미드 같은 모양으로 가지가 줄기를 빙 둘러 빽빽하게 나고 옆으로 뻗는다. 목재는 향기가 나고 붉은빛이 도는 갈색으로 배나 집, 다리, 가구를 만드는 데 쓰인다.

336 불일 : '불일(佛日)'은 부처의 가르침인 불법을 해에 비유한 것이다.

337 벽려 : 향기가 나는 나무 덩굴 이름. 은자(隱者)가 입는 옷을 말하기도 한다.

338 경원 : '경원(經院)'은 불교 사원 가운데 기장(庋藏)으로 불경을 강론하는 곳이다.

339 원숭이가 선정을 배우고 : '학정(學定)'은 불가에서 마음을 고요하게 거두는 수양 방법을 배우는 것으로, 당나라 양거원(楊巨源)의 〈송정법사귀촉(送定法師歸蜀)〉에 "외론 원숭이 선정 배우니 앞산이 저물고, 먼 곳 기러기 이별을 아파하니 몇 땅이나 가을 들었나?[孤猿學定前山夕, 遠雁傷離幾地秋?]"라고 하였다. '원학정(猿學定)'은 불교설화에서 나온 말로, 산 속을 헤매던 원숭이가 연각(緣覺)을 만나 그 집에 가서 살았는데, 연각은 항상 식사가 끝나면 결가부좌(結伽趺坐)를 하고 선정(禪定)에 들어가자 원숭이도 흉내 내어 따라서 하였다. 얼마 뒤 연각들이 열반(涅槃)에 들어가 육신을 버리고 모두 사라지니 연각들 속에 살았던 원숭이가 사람이 그리워 산을 헤매고 다니다가 고행(苦行)하는 선인을 만났는데, 원숭이가 선인의 고행을 중단시키고 연각들처럼 결가부좌를 하도록 권하자 선인이 원숭이를 따라서 결가부좌를 하며 수행하여 37도품(道品)을 얻고 연각의 깨우침을 얻었다. 그 뒤부터 선인들은 원숭이를 높이 받들어 존경하고 손수 나무 열매를 따서 바쳤으며, 원숭이가 죽자 여러 나라에서 갖가지 향을 구해 와서 장작을 쌓고 화장을 하였다고 한다.

강단의 깊은 밤에 호랑이가 참선을 하도다.[340]　　　講壇深夜虎叅禪

내 인생 오랜 업장[341] 이제 모두 해탈하나니　　　吾生宿障今堪脫

오랑캐 승려와 함께 청정한 인연을 맺도다.　　　擬與胡僧結淨緣

---

340 호랑이가 참선을 하도다 : 용맹한 호랑이처럼 참선하는 위세를 말한다. 영명연수(永明
延壽, 904~975) 선사는 중국 오대의 승려로 평생 동안 염불하며 정토왕생을 발원하였다.
그의 게송에 보면, "참선 수행을 하고 염불 공덕을 한다면, 마치 이마에 뿔을 단 호랑이와
같으리라. 현세에 많은 중생의 스승이 되고, 미래에는 부처나 조사가 될 것이다.[有禪有淨
土, 猶如戴角虎. 現世爲人師, 將來作佛祖.]"라고 하여 참선의 위세가 용맹한 호랑이와 같은
데 다시 염불 공덕을 한다면 용맹한 호랑이가 뿔을 단 것과 같아서 그 용맹과 위세를 견줄
데가 없다고 말한 것이다.

341 오랜 업장 : '숙장(宿障)'은 악한 업을 지은 결과로 생긴 장애로 업장(業障)이라고 하며,
스스로 지은 악업으로 인해 바른 길로 나아가기 어려움을 나타내는 말이다.

대승정 남장로[342]에게 주다 당시 나이가 130여세였다
贈大僧正南長老 時年一百三十餘歲

동쪽에 와 처음 대라천[343]에 들어가니	東來始入大羅天
오래 살아 죽지 않은 신선 있다 하더라.	聞有長生不死仙
이미 세 번[344] 육십갑자 돌았는데	歲序已周三甲子
얼굴이 아직 옛 스물[345] 때 같으며.	容顏猶似舊丁年
모난 동자[346]로 밤 들어 승복 꿰매고	方瞳入夜縫霜衲
튼튼한 다리로 지팡이 내던지고 산꼭대기 오르네.	健脚抛筇陟翠巔
이 몸 속세[347] 얽힘 무거운 게 한스러우니	堪恨此身塵累重
마냥 세사[348] 좇느라고 참선 어기었구나.	却從沙界負參禪

---

342 남장로 : 일본의 남광방(南光方)이란 승려로, 나이가 무려 1백 33세였다.

343 대라천 : 도교의 최고 신인 원시천존(元始天尊)이 있는 하늘이다. 상상의 천계(天界)의 하나로서 선계(仙界)의 뜻으로 쓰인다.

344 세 번 육십갑자 : '삼갑자(三甲子)'는 180년을 말한다.

345 스물 : '정년(丁年)'은 장정이 된 나이, 곧 남자의 나이 20세를 말한다.

346 모난 동자 : 눈동자가 모나면 신선이 되어 오래 산다고 한다.

347 속세 : '진루(塵累)'는 세상살이의 너저분하고 번거로운 일을 말한다.

348 세사 : '사계(沙界)'는 갠지즈강의 모래알과 같이 수많은 부처와 중생이 사는 세계, 곧 속세를 말한다.

우진궁[349]에서 감회 있어
宇津宮有感

오늘이 바로 내가 태어난 날이거늘[350]	此日吾初度
남은 삶이 이미 늙은 세월뿐이로다.	餘生已暮年
대장부의 뜻[351]이 진정 절로 잘못되어	桑弧眞自誤
부평초처럼 떠도니 더욱 가련해라.	萍跡轉堪憐
나그네의 밤에 적은 녹봉[352] 써버리고	旅夜消三百
고향 길은 육천 리나 떨어져 있어라.[353]	鄕程隔六千

---

349 우진궁 : 일본 도치기[栃木] 현에 위치한 우쓰노미야[宇都宮] 시를 지칭하는 듯하다. 도치기켄에는 우진궁(宇津宮)이라는 이름이 없고, '우도궁(宇都宮)'이 있으니 도치기[栃木] 현 중부에 있는 우쓰노미야[宇都宮] 시이다. 《계미동사일기》에 의하면, 7월 25일 아침에 소산을 떠나 석교(石橋)에서 점심을 먹고, 저녁에 우도궁(宇都宮)에 도착하였다고 한 것으로 볼 때 우쓰노미야[宇都宮] 시에서 멀지 않은 곳에 있는 지명인 듯하다.

350 태어난 날이거늘 : '초도(初度)'는 처음 태어난 날, 곧 생일을 이른다. 조경의 《동사록》에 〈신율교를 지나는 도중에 이날 정사의 생일이라 시를 지어 위로하다[新栗橋途中 是日正使初度 遂賦一律以慰]〉라는 시에서 윤순지의 생일이 1590년(선조 23) 7월 29일임을 밝힌 바 있다.

351 대장부의 뜻 : '상호(桑弧)'는 뽕나무로 만든 활인데, 여기서는 상호시지(桑弧矢志) 또는 상호봉시(桑弧蓬矢)의 준말로 옛날에 남자가 태어나면 뽕나무로 활을 만들고 쑥대로 화살을 만들어 천지 사방에 쏘아서 장차 천지 사방에 뜻을 두어야 함을 나타냈는데, 대장부가 큰 뜻을 품거나 큰 포부를 갖도록 면려하는 말로 사용하였다.

352 적은 녹봉 : '삼백(三百)'은 적은 녹봉을 뜻하는 말이다. 송나라 육유(陸游) 〈병유간경(病愈看鏡)〉에 "3백 항아리 안에 누런 짠지가 다하지 않으니, 다시금 몇 년 안에 돌아갈지 모르겠구나.[三百甕齏消未盡, 不知更着幾年還.]"라고 하였는데, 옛날에 어느 가난한 선비가 죽어서 저승의 관리를 만나니 저승 관리가 하는 말이, "마땅히 돌아가야 할 영혼이니, 3백 항아리 안에 누런 짠지가 다하지 않았기 때문이다.[當再生, 汝有三百甕齏祿未盡.]"라고 했다는 것이다. 3백 항아리 안에 누런 짠지인 옹제(甕齏) 또는 옹제(甕齏)는 황제(黃齏)인 함채(鹹菜)로 소금에 절인 김치, 짠지를 말하며, 3백은 박한 녹봉을 비유하는 말이다.

353 6천 리나 떨어져 있어라 : '격육천(隔六千)'은 고향을 떠나옴이 먼 것을 말한다. 백거이(白居易)의 〈기행간(寄行簡)〉에 "서로 6천 리 떨어져 있으니, 땅이 너무도 멀어 하늘이

여러 어린 아우가 아련히 떠오르니 　　　　　　遙知諸小弟

단란한 때[354]를 잃은 것이 한스럽구나. 　　　　　應恨失團圓

아득해라. 열 번 서찰을 보내도 아홉 번은 도달하지 못하니, 어떻게 근심스러운 안색을
펼 수 있으랴.[相去六千里, 地絶天邈然. 十書九不達, 何以開憂顏?]"라고 하였다.

354 단란한 때 : '단원(團圓)'은 둥근 것, 혹은 가정(家庭)이 원만(圓滿)하여 단란하게 화합
(和合)함을 말한다.

피리소리를 듣다
聞笛

강가 성 깊은 밤 피리소리	江城深夜笛
흰머리 늙은이 시름 잠겨[355]	愁殺白頭翁
천지는 남쪽 바다[356] 밖	天地南溟外
구름 낀 산 북쪽 하늘 너머	雲山北望中
흐르는 세월 귀뚜라미 이어 받고	流光連蟋蟀
찬비 내리자 오동잎이 떨어지네.	寒雨落梧桐
문목[357]들과 함께 함 부끄럽나니	所愧同文木
떠도는 쑥대 신세[358] 한탄 하리오?	何須恨轉蓬

---

355 시름 잠겨 : '수살(愁殺)'은 수살(愁煞)로도 쓰며, 사람으로 하여금 무척 근심하고 시름하게 하는 것을 말한다.

356 남쪽 바다 : '남명(南溟)'은 《장자》〈소요유(逍遙遊)〉에 나오는 말로 남방의 큰 바다를 가리킨다.

357 문목 : '문목(文木)'은 무늬와 결이 좋아서 쓸모 있는 훌륭한 나무를 말하니, 재주 있고 능력 있는 인재, 곧 같이 사행 온 선비들을 가리키는 말이다. 반대로 산목(散木)은 모양새도 별로이고 쓸모가 없는 좋지 못한 나무를 말한다.

358 떠도는 쑥대 신세 : '전봉(轉蓬)'은 뿌리째 뽑혀 여기저기 굴러다니는 쑥대로, 고향을 떠나 이리저리 떠돌아다니는 처지를 비유적으로 이르는 말이다.

종사의 <상근호[359]> 시에 차운하다[360]
次從事箱根湖韻

담금질 새로 한 칼날 묵은 함에서 나왔구나.	劒鋩新淬出塵函
용문[361]이 바다를 누르며 높다란 데[362] 서려있고	龍門壓海蟠窮陸
자라 정상 사발 이루어 푸른 못물 담았도다.	鰲頂成盂貯碧潭
신령한 물이랑 분명하여 은하에서 떨어진 듯	靈派定從銀漢落
진정한 원천 오래도록 채색구름에 섞여있구나.	眞源長與靄雲叅
물과 불이 한번 통하여[363] 어느 해에 뚫린 건가?	坎離一竅何年鑿
별들이 멀리서 반짝이며 밤 호수에 드는구나.	星斗遙光入夜涵
하늘 밖에 구백 리 운몽택[364] 말하지 말지어다.	天外莫論雲夢九
세상에서 삼천 리 초강[365]에 맞먹는다 하도다.	世間堪數楚江三

---

359 상근호 : 아시노코[箱根]호는 가나가와[神奈川] 현 남서부 하코네[箱根] 화산에 있는 호수이다. 《계미동사일기》에 의하면, 8월 9일 아침에 소전원(小田原)을 떠나서 상근령(箱根嶺)에서 점심을 먹고 밤에 삼도(三島)에 도착했다고 하였다.

360 차운하다 : 신유(申濡)의 《해사록》〈상근호이십운(箱根湖二十韻)〉에 차운한 것이다. 《계미동사일기》에 의하면, 8월 9일 아침에 소전원(小田原)을 떠나서 상근령(箱根嶺)에서 점심을 먹고, 밤에 삼도(三島)에 도착했다고 하였다.

361 용문 : '용문(龍門)'은 중국의 우문구(禹門口)를 가리키는데, 황하가 이곳에 이르면 언덕 양쪽으로 가파른 절벽이 대치한 모습이 마치 대궐문과 같기 때문에 붙인 이름이다. 신유의 《해사록》〈상근호이십운(箱根湖二十韻)〉에는, "위태한 길이 곧장 솟구쳐 구부정히 잔도에 이어지고, 산꼭대기 올라서니 놀랍게도 넓은 못이 보여라.[危道直上鉤連棧, 絕頂驚看泱漭潭.]"라고 하였다.

362 높다란 데 : '궁륙(窮陸)'은 높은 지대를 말한다.

363 물과 불이 한번 통하여 : '감리(坎離)'는 물과 불, 곧 음과 양을 말하며, '감리일규(坎離一竅)'는 화산의 폭발로 인한 상근호의 형성을 말한 듯하다.

364 운몽택 : 중국 고대에 후베이[湖北] 성 남부에서 후베이 성 북부에 걸쳐 있었다고 전해지는 무려 9백리에 이르는 큰 습지로, 우한[武漢]을 중심으로 양쯔[長江]강 양안(兩岸)에 남아있는 호수와 늪이 그 흔적이라고 한다.

맑은 물결 수면 닦으니 명주처럼 빛나 보이고 晴波拭面光欺練

갠 하늘빛 허공에 뜨니 그림자가 쪽빛 같구나. 霽色浮空影似藍

물기가 넝쿨 안개[366]에 미쳐 안개비 흩날리고 潤及蘿煙霏作雨

온기가 사초 길에 피어올라 남기가 되는구나. 氣蒸莎徑噴成嵐

우르릉하며 수시로 시끄럽고 바람우레 들끓어 轟隆時眡風雷盪

뱉고 들이며 모두 거느려 해와 달 머금었네. 吐納都將日月含

땅의 형세 가장 높은 곳에 산이 절반 갈라져서 地勢寂高山半割

시냇물도 사양하지 않지만 물이 유독 몰리도다. 涓流不讓水偏貪

엉기고 맑은 데 또렷하지만 깊어서 밑 안 보이고 極知凝湛深無底

물고기와 새우 훑으려 해도 물살 감당 못하겠구나. 俯挹魚蝦勢不堪

신이한 물고기 보이는데 등지느러미 튼실하고[367] 神物露形鬐鬣壯

신선 노인 사신 행차[368] 깃과 터럭 치렁치렁하네. 仙翁駐節羽毛鬖

음침한 못 인어의 주름명주 오래도록 짰을 터인데[369] 陰湫蛟縠應長織

---

365 3천리 초강 : '초강'은 초나라 경내를 흐르는 양자강을 말하는데, 현재 전체 길이가 6,300km에 이르지만 옛날 초나라가 사방 3천리라고 하여 '초강삼(楚江三)'은 초강 3천리를 가리킨다.

366 넝쿨 안개 : '나연(蘿煙)'은 연라(煙蘿)와 같은 말로, 초목이 무성하게 빽빽하고 안개가 자욱하며 넝쿨이 뒤엉킨 것을 이른다. 또는 그윽한 곳에 살거나, 수진(修眞)하는 곳을 가리킨다.

367 신이한 …… 튼실하고 : 신유의 《해사록》〈상근호이십운(箱根湖二十韻)〉에 의하면, "듣자하니 하얀 폭포 밑에 신이한 용이 숨어있어, 때때로 등지느러미를 흠치르르하게 드러내네.[聞道神龍藏暠瀑, 時有鬐鬣露影鬖.]"라고 하였다.

368 사신 행차 : '주절(駐節)'은 옛날에 요직에 있는 관원이 왕명을 받들어 멀리 나갔다가 그곳에서 유숙함을 가리키는데, 여기서는 사신 행차가 머물러 묵음을 말한다.

369 인어의 주름명주 …… 짰을 터인데 : '교곡(蛟縠)'의 교(蛟)는 인어[鮫人]이고, 곡(縠)은 인어가 짠 명주를 말한다. 인어가 짠 명주를 교초사(鮫綃紗)라고도 하며, 교(蛟)는 교(鮫)와도 통한다. 남조(南朝)시대 양(梁)나라 임방(任昉)의 《술이기(述異記)》에 보면, "남해에서 인어의 명주가 나오는데, 인어가 물 밑에서 짠 것이다. 일명 용사(龍紗)라고도 하는데,

깊숙한 동굴 검은 용의 구슬[370] 은 뉘 찾을 겐가?[371]　　幽窟驪珠孰可探

길게 석문[372]을 향하니 신기루 저자 열렸다더니　　長向石門開蜃市

다시금 바닷가 모래 감실[373]에 숨었다고 하누나.　　更聞沙渚伏砂龕

우리들이 때마침 배 타고 이르렀더니　　吾生適會乘槎至

좋은 경치 이제 보려 험한 길 밟았구나.[374]　　勝境今因履險諳

만 리 길을 거뜬히 끝내면서 말 자국 남겼나니　　萬里已能留馬跡

십주[375]에서 신선수레[376] 타고 가는 것 같았네.　　十洲如得控鸞驂

그 가치는 백금이 넘으며 이것으로 옷을 만들어 입으면 물에 들어가도 젖지 않는다.”고
하였다.

370　검은 용의 구슬 : ‘여주(驪珠)’는 검은 용이 입에 물고 있는 구슬이다. 《장자》 〈열어구
(列御寇)〉에 보면, “대저 천금의 구슬은 반드시 아홉 길의 깊은 연못 속의 검은 용[驪龍]의
턱 밑에 있도다. 네가 구슬을 가져올 수 있었던 것은 틀림없이 검은 용이 마침 잠들어 있을
때일 것이다.”라고 하였는데, 보배로운 구슬과 같은 사람이나 귀중한 물건을 비유한다.

371　누가 찾을 건가 : 신유의 《해사록》 〈상근호이십운(箱根湖二十韻)〉에 의하면, “만 곡
삼키는 큰 배이니 어찌 날아 건널 거며, 천금 품은 보배이니 감히 몸을 숨여 더듬으리라.[舟
呑萬斛誰飛渡, 珠抱千金敢俯探.]”라고 하였다.

372　석문 : 애지현(愛知縣) 전원시(田原市) 일출정(日出町)으로 해가 뜨는 석문(石門)이라
고 한다. 또는 소전원(小田原)의 성문을 가리키니, 신기루 저자는 석원산성(石垣山城)을
가리킨다.

373　모래 감실 : 감실(龕室)은 사원을 말한다. 풍신수길(豊臣秀吉)이 석원산성(石垣山城)
에서 연회를 열기도 하였고, 천황의 조서도 받았다고 한다. 그 뒤에 지진이 일어나 지금은
석원(石垣)이 남아있지만 당시에 천수사(天守寺)가 있었는지 분명하지 않으나, 천수대(天
守台)의 흔적이 남아있다고 한다.

374　험한 길 밟았구나 : 신유의 《해사록》 〈상근호이십운(箱根湖二十韻)〉에 의하면, “신령
한 명승지라 스스로 중국과는 달라서, 사신들이 이전부터 이 길에 어두웠도다.[靈區自與中
州別, 使節從來此路諳.]”라고 하였다.

375　십주 : 도교에서 말하는 바다에 신선이 사는 열 곳의 명승지이니, 무릇 선경(仙境)을
말한다. 《해내십주기(海內十洲記)》에 의하면, “한나라 무제(武帝)가 왕모(王母)에게서 팔
방의 거대한 바다에 조주(祖洲)·영주(瀛洲)·현주(玄洲)·염주(炎洲)·장주(長洲)·원주(元
洲)·유주(流洲)·생주(生洲)·봉린주(鳳麟洲)·취굴주(聚窟洲)라는 십주(十洲)가 있는데 인
적이 드물다는 말을 들었다.”고 하였다.

부상이라 동방의 별 석목[377]이 가로질러 지나가고	扶桑析木憑陵過
신선 사는 현포[378]와 단구[379]를 자세하게 얘기했네.	玄圃丹丘仔細談
험난한 길 달린 것은 패해서가 아니요	畏路驅馳非敗北
장한 사행[380] 품은 뜻은 남방 도모[381] 위함이라.	壯遊襟抱當圖南
평안하게 큰 못에 이르니 천 길 물결 일어나고	平臨大澤千尋浪
푸른 숲을 잠간 지나니 몇 치 크기 감귤이 보이네.	乍擘靑林數寸柑
가슴은 바다의 광대한 기운을 삼키는 것 같고	胸似滄溟呑浩浩
눈은 포효하는 호랑이가 노려보는 것 같구나.	眼如號虎視耽耽
오직 태사[382]가 지금 많이 아픈 게 안타까울 뿐이니	唯憐太史今多病
명승지 기록을 하려고 하니 얼굴이 화끈거리는구나.	欲紀名區面發慚

---

376 신선수레 : '난참(鸞驂)'은 신선이 타는 수레이다.

377 동방의 별 석목 : '석목(析木)'은 별자리 이름으로 12개의 별자리 가운데 하나이다. 십이진(十二辰)과 서로 짝하여 인(寅)이 되거나, 이십팔수(二十八宿)와 서로 짝하여 미(尾) 나 기(箕)의 두 별이 된다.

378 현포 : 전설 속에 곤륜산(昆侖山) 정상에 신선이 사는 곳으로 기이한 꽃도 돌이 있는데, 평포(平圃) 또는 계산(雞山)이라고도 한다. 《목천자전(穆天子傳)》과 《회남자(淮南子)》에는 '현포(縣圃)'라고 썼으며, 전설 속에 천신(天神)이 사는 곳을 말한다.

379 단구 : 전설 속에 신선이 사는 곳으로 낮이나 밤이나 항상 밝으며, 단구(丹邱)라고 도 한다.

380 장한 사행 : '장유(壯遊)'는 큰 뜻을 품고 멀리 떠도는 것을 말하니, 다른 나라로 사신 가는 일을 가리키는 말이다.

381 남방도모 : 《장자(莊子)》〈소요유(逍遙遊)〉에 붕새가 남쪽 바다로 가기를 도모한다는 데에서 나온 말로, 웅대한 포부를 품고 있음을 말한다.

382 태사 : '태사(太史)'는 옛날 중국에서 기록을 맡아보던 관리로, 여기서 누구인지 자세하 지 않다.

8월 6일 강호를 떠나 돌아오다[383]
初六日還發江戶

한 가을에 오랑캐 객관에서 야윈 얼굴 하고 있다	一秋蠻舘苦凋顔
오늘 아침 닭이 울자 편안하게 관문 나서도다.	今趂雞鳴穩出關
하늘 밖으로 나온 사행의 배가 8월을 맞았고	天外靈槎當八月
나그네[384] 신세 돌아가는 뱃길에 삼산[385]이 있도다.	客邊歸路是三山
오직 충성과 신의 갖고 오랑캐 나라에 왔나니[386]	唯將忠信行蠻貊
천지신명 가호 있어 가는 길을 보호하리로다.	合有神明護徃還
흥겨워서 펄쩍펄쩍하니 몸이 건강해진 듯하고	逸興翩翩身似健
말발굽이 가뿐하게 바다 구름 사이 건너도다.	馬蹄輕度海雲間

---

383 8월 6일 강호를 떠나 돌아오다 : '강호'는 도쿄라 강호(江戶)를 떠나서 품천(品川)에 이르러 점심을 먹고 저녁에 신내천(新奈川)에 도착했다고 하였다.

384 나그네 : '객변(客邊)'은 객지, 곧 타지에서 온 사람을 말한다.

385 삼산 : '삼산(三山)'은 중국 전설 속에 신선이 산다고 하는 봉래산(蓬萊山)·방장산(方丈山)·영주산(瀛洲山)의 삼신산을 가리킨다. 청천(靑泉) 신유한(申維翰)의 《해유록(海遊錄)》에는 일본의 부사산(富士山)·상근령(箱根嶺)·반대암(盤臺巖)을 삼신산(三神山)이라고 하였다. 중국 진나라 때 서불(徐巿)이 삼신산(三神山)의 불사약을 구해오겠다고 진시황에게 말한 뒤 어린 남녀 3천 명을 데리고 바다를 건너 일본의 기이주(紀伊州)에 도착하였다고 한다.

386 충성과 신의 갖고 오랑캐 나라에 왔나니 : 《논어》〈위령공(衛靈公)〉에 "말이 충성스럽고 신의가 있으며 행실이 돈독하고 공경스러우면 비록 오랑캐의 나라에서도 행해질 수 있을 것이다.[言忠信, 行篤敬, 雖蠻貊之邦行矣]"

저녁에 등택에서 묵다[387]
夕次藤澤

푸른 바다는 너른 모래밭 너머에	碧海平沙外
외딴 마을은 파도치는 바다 사이에.	孤村亂水間
숲 울더니 바람 불어 나뭇잎 춤추고	林鳴風舞葉
창 깜깜하더니 비, 저문 산에 내리네.	窓黑雨昏山
덧없는 발자취[388] 스스로 우스워	自笑泥鴻跡
이제 학들과[389] 같이 돌아가노라.	今同野鶴還
한 해 사이 오래 길 위에만 있었으니	一年長在路
귀밑머리 세는 것을 면할 수가 있겠소?	郍免鬢毛斑

---

387 등택 : 후지사와[藤澤] 시는 카나가와[神奈川] 현에 있는 도시로, 귀국길에 들린 것이다. 《계미동사일기(癸했다고 하였다. 사신 갈 때에는 7월 5일에 들렸다.
388 덧없는 발자취 : '이홍(泥鴻)'은 설니홍조(雪泥鴻爪)의 준말로, 기러기가 눈이 내린 땅을 걸으면서 남긴 발자국을 말하는데, 쉽게 사라지는 덧없는 존재를 말한다.
389 학들과 : '야학(野鶴)'은 숲과 들에 사는 고고한 학처럼 성품이 고고한 처사의 삶을 말하나, 여기서는 사행에 같이 간 사신들을 말한다.

상근령³⁹⁰ 꼭대기에 오르다
登箱根嶺絶頂

음과 양이 그득 넘쳐 해안을 구획 짓고	二氣沖融截海垠
높은 꼭대기 문득 올라 별들을 만지도다.	却從高頂撫星辰
강물은 세 줄기 명주실처럼 나누어지고	江河僅辨三條練
세상은 한 무더기 흙먼지로 도로 합하네	區宇還同一聚塵
늘어선 봉우리들 옛날 칼처럼 뾰족뾰족하고	列峀攢鋩森古劒
이리저리 흐르는 물은 긴 띠로 걸려 폭포 되었네.	亂流成瀑掛脩紳
우리들이 으쓱거리며 돌아가는 노정이라	吾生堪詫歸來路
다리 밑에 바람 구름 걸음걸음 새로워라.	脚底風雲步步新

---

390 상근령 : 가나가와[神奈川] 현 남서부 하코네[箱根]산이다. 여러 개의 봉우리로 이루어
졌는데 제일 높은 봉우리인 신산(神山)은 1,438m이다. 상근령 북쪽에는 조천(早川)이 흐르
고 서쪽에는 상근호(箱根湖)가 있다. 《계미동사일기》에 의하면, 8월 9일 아침에 소전원(小
田原)을 떠나서 상근령(箱根嶺)에서 점심을 먹고 밤에 삼도(三島)에 도착했다고 하였다.

저녁에 등지에서 묵다[391]
夕次藤枝

한 구역 화려한 객관에 감귤나무 숲 이루고	一區華舘橘成林
세 오솔길[392] 안개 넝쿨[393] 붉고 푸른빛 짙구나.	三徑煙蘿紫翠深
문 밖에 대나무 다리 건너던 일 애틋하고	門外竹橋憐再渡
물가에 꽃핀 누대 왔던 게 떠오르네.	水邊花榭憶曾臨
가을이라 오랜 골목 홰나무 그늘 옅어지고	秋生古巷槐陰薄
문발 걷은 이층집에 높은 산 빛 스며드네.	簾捲層軒岳色侵
왕래하며 얻은 것이 무엇인지 우스워서	堪笑徃來何所得
흰머리에 부질없이 고심하며 시를 짓네.	白頭空苦覓詩心

---

391 등지 : 후지에다[藤枝] 시는 시즈오카[靜岡] 현 중부에 있는 도시이다.《계미동사일기》에 의하면, 8월 11일 아침에 강구를 떠나 준하주(駿河州)에서 점심을 먹고 저녁에 등지(藤枝)에 도착했다고 하였다.

392 세 오솔길 : ‘삼경(三徑)’은 전원에 조성한 세 오솔길로, 초야로 돌아와 은거한 사람의 집안 동산을 말한다.

393 안개 넝쿨 : ‘연라(煙蘿)’는 초목이 무성하게 빽빽하고 안개가 자욱하며 넝쿨이 뒤엉킨 것을 이른다. 또는 그윽한 곳에 살거나, 수진(修眞)하는 곳을 가리킨다.[道教謂學道修行爲修眞]

저녁에 빈송[394]에 이르다
夕抵濱松

한 달 만에 이 역정을 거듭 지나가나니	閱月重經此驛亭
사행 역마 다시 예전 난간에 쉬도다.	征驂仍憩舊風欞
시냇가의 푸른 잎이 이제 약간 붉어졌고	緣磎碧葉今微赤
달려있는 노란 감귤 여태까지 푸르구나.	綴樹黃柑尙自靑
해질 무렵 습한 구름 멀리 계곡 돌더니	日暮瘴雲還遠壑
깊은 밤에 가랑비가 빈 정원에 내리도다.	夜深踈雨過空庭
등불 앞에서 사람 자취 스스로 우스우니	燈前自笑人間跡
내 신세가 너울너울 물 위의 부평초로다.	身世飄颻水上萍

---

394 빈송 : '빈송(濱松)'은 시즈오카[靜岡] 현의 하마마스[浜松] 시를 말한다. 《계미동사일기》에 의하면, 8월 13일 아침에 현천을 떠나서 견부(見付)에서 점심을 먹고 저녁에 빈송(濱松)에 도착했다고 하였다.

중추절에 강기[395]에서 묵으며 되는대로 읊조려서 용주와 이선[396]에게 적어서 주다
仲秋次崗崎 漫占錄奉龍洲 泥仙

가을 이슬[397] 흩날리니 나무숲이 연기 같고	玉露霏空樹似煙
물가 마을 가을 달이 무척이나 둥글구나.	水村涼月十分圓
맑은 가을 좋은 계절 한가위를 맞았건만	淸秋佳節當三五
푸른 바다 돌아갈 길 육천 리나 떨어졌네.	滄海歸程隔六千
온갖 일 노년 맞아 모두 끝났으니	萬事暮年都已矣
술 맛 좋은 한 밤중 문득 아득하구나.	一樽良夜却茫然
광한궁[398] 높은 데에 찬 기운 일찍 올테니	廣寒高處寒應早
남쪽 끝에 이 마음이 북두성에 가 있도다.	南極心懸北斗邊

---

395 강기 : 아이치[愛知] 현의 오카자키[岡崎] 시이다. 《계미동사일기》에 의하면, 8월 15일 아침에 길전(吉田)을 떠나 적판(赤坂)에서 점심을 먹고 저녁에 강기(岡碕)에 도착했으며, 오늘은 추석(秋夕)이라고 하였다.

396 용주와 이선 : '용주(龍洲)'는 조경의 호이고, '이선(泥仙)'은 신유(申濡)이니 신유의 호가 이옹(泥翁)이기 때문이다.

397 가을 이슬 : '옥로(玉露)'는 가을 이슬을 말한다.

398 광한궁 : '광한(廣寒)'은 달나라 광한궁을 말한다. 또는 도가에서 말하는 북방의 선궁(仙宮)을 말한다.

강기에서 중추절 저녁에 입으로 읊조리다[399]
崗崎仲秋夕口號

빈 객관이 어두침침 푸른 넝쿨 얽혀있고	虛舘沉沉鎖碧蘿
밝은 달을 문득 보니 이 밤이 더 좋구나.	忽看明月此宵多
좋은 날에 맘껏 마심 어려운 일 아니로되	良辰縱飮非難事
덧없이 가는 세월에 늙은 것을 어이하리?	浮世流光奈老何
맑은 이슬 내릴 때에 바람이 나무 흔들고	凉露下時風拂樹
쓰르라미 우는 곳에 잎이 가지 떠나도다.	亂蟬吟處葉辭柯
누군가가 다시 세 번 처절하게 피리 불어[400]	誰人更弄三聲笛
긴긴 밤에 정감 많아 내 노래에 화답하네.	遙夜多情和我歌

---

399 입으로 읊조리다 : '구호(口號)'는 구점(口占)과 같은 말로 즉흥적으로 입으로 읊조려 시를 짓는 것을 말한다.

400 세 번 처절하게 피리 불어 : '삼성(三聲)'은 제삼성(第三聲)의 뜻으로, 사람의 마음을 슬프게 하는 원숭이 울음소리를 가리킨다. 북위(北魏)의 역도원(酈道元)의 《수경주(水經注)》〈강수(江水)〉에 의하면, 매일 맑은 아침에 서리가 내리면 수풀이 차고 계곡이 조용하여 항상 큰 원숭이가 길게 울부짖어 처량하고 기이하게 되는데, 빈 계곡에 메아리가 울려 슬픔이 더욱 오래 심해지니 고기 잡는 이가 노래하기를 '파동(巴東)의 삼협 가운데 무협(巫峽)이 머나먼데, 원숭이 울음소리 세 번 들려 눈물이 옷을 적시네.[巴東三峽巫峽長, 猿鳴三聲淚沾裳.]'라고 하여 제삼성(第三聲)이 사람을 처절하게 하는 원숭이 울음소리를 가리키게 되었다.

홍장로[401]의 <중추>에 차운하다
次洪長老仲秋韻

하늘에 가는 구름 걷히자 아주 기묘하여	天捲纖雲特效奇
선아[402]가 좋은 때에 스스로 나온 것 같아라.	仙娥如自赴佳期
금빛 물결 마구 일며 섬돌 물가 이르고	金波亂皺當階水
나뭇잎이 살랑 날려 문기둥에 드는구나.	玉葉微翻入戶枝
천리 밖 고향 생각 바람결에 피리 불고	千里歸心風外笛
한잔 술에 맑은 흥취 그림 속의 시로다.	一樽淸興畵中詩
우리들이 절로 높이 솟는 기상 지녔으니	吾生自有凌雲氣
바로 그날 은교[403] 건넌 이는 과연 누구인가?	當日銀橋爾是誰

---

401 홍장로 : '홍장로(洪長老)'는 일본 승려 홍영홍(洪永洪)으로, 법명이 균천(勻川)이다.

402 선아 : 달 속에 살고 있다는 항아(姮娥)를 가리킨다.

403 은교 : '은교(銀橋)'는 은빛 다리이니, 전촉(前蜀) 두광정(杜光庭)의 《신선감우전(神仙感遇傳)》에 의하면, 현종(玄宗)이 궁중에서 달구경을 하고 있을 적에 공원(公遠)이 주청하기를, "폐하는 달에 이르러 구경하지 않으시겠습니까?"라고 하자 지팡이를 들어 공중을 향해 내던지니 은빛의 큰 다리가 되었으며, 다리에 올라 수십 리를 걸어가니 정묘한 빛이 눈부시고 한기가 스며들고 마침내 큰 성궐에 이르렀는데 바로 월궁(月宮)이었다는 고사이다.

저녁에 대원[404]에서 묵다 두 수
夕次大垣 二首

아스라한 사는 곳에 푸른 산 드리웠고	縹緲棲居控碧岑
자고새 우는 곳에 고운 노을 깊숙하네.	鷓鴣啼處彩霞深
성곽 아래 출렁이는 푸른빛 물이 있고	城根搖漾滄浪水
들판 밖에 아득히 감귤 유자 숲이로다.	野外微茫橘柚林
딱다기[405] 치는 한가한 밤, 달 높이[406] 떠있고	更柝夜閑千雉月
겨울옷 두드리는 가을, 집마다 다듬이 소리.	寒衣秋擣萬家砧
물가 마을 젊은이들 소금밭[407] 뒤적이더니	水村年少翻塩井
강가 시장 아침마다 백금처럼 파는구나.	江市朝朝販白金

은은하게 우거진 숲 푸른 산[408] 새에 있고	隱隱叢林積翠間
정자 누대 세운 경관 세상과 동떨어졌구나.	亭臺樓觀絶塵寰
제나라의 닭 개 울음소리 천리밖에 이르고[409]	齊郊鳴吠連千里

---

404 대원 : 기후[歧阜] 현에 있는 오가키[大垣] 시이다.

405 딱다기 : '경탁(更柝)'은 타경(打更)의 뜻으로, 야경을 돌거나 딱따기를 치거나 밤 시각을 알리는 것을 말한다.

406 높이 : '천치(千雉)'는 성곽의 담이 높고 큼을 형용하는 말로, 담장 길이가 삼장(三丈)이고 높이가 일장(一丈)이 일치(一雉)가 된다.

407 소금밭 : '염정(塩井)'은 소금을 만들 바닷물을 모아 두는 염전(鹽田)의 웅덩이를 말한다.

408 푸른 산 : '적취(積翠)'는 초목이 무성한 것을 형용하거나, 푸른 산을 가리키거나, 봄철을 가리키는 말이다.

409 제나라의 …… 이르고 : '명폐(鳴吠)'는 계명구폐(鷄鳴狗吠), 곧 닭과 개의 소리가 여기저기에서 들린다는 뜻으로, 인가가 잇대어 있음을 이르는 말이다. 《맹자》〈공손추(公孫丑) 상〉에서 나온 말로, 하·은·주나라가 흥성할 때에도 땅이 사방 천 리를 넘지 않았는데,

초나라의 해자[410] 모든 오랑캐에 떨치네   楚國城池壯百蠻

훌륭한 경치 넉넉한데 곡식 쌀알 겸했으며 形勝有餘兼粟粒

번화함 견줄 데 없는데다 구름 산도 아름답네. 繁華無比更雲山

우리들 스스로 속세 사람 아님을 자랑하니 오생자이비凡骨

하늘 밖에 신선 세계 갔다 다시 돌아오네. 天外仙區徃復還

지금 제나라는 그만한 땅을 가지고 있어 닭 우는 소리와 개 짖는 소리가 사방 국경까지 들릴 정도로 제나라가 강성해지고 백성들이 많아졌다는 것이다. 여기서는 일본을 비유함.

410 초나라의 해자 : '성지(城池)'는 적의 접근을 막기 위하여 성 둘레에 깊게 파 놓은 연못으로, 해자(垓子)를 말한다. 초나라는 양자강과 한수를 해자로 삼아서 적들이 침입하기 어려웠다. 일본의 상황을 비유함.

8월 20일에 신장성[411]을 지나다
二十日過信長城

높은 성루 켜켜 누대 이미 모두 무너지고	高壘層臺已盡頹
옛 도읍의 높은 나무 원숭이[412]가 애잔하네.	舊都喬木楚猿哀
영웅들이 이룬 패업[413] 쓸쓸히 쇠락하고	英雄霸業今蕭索
궁궐 누대 남은 터에 잡초만이 우거졌네.	宮觀餘基遍草萊
시냇가에 해 지자 초어스름 합쳐지고	溪路日沉殘靄合
들녘 둑에 바람 빠르며 밀물 들어오는구나.	野堤風急晩潮回
예전의 흥망성쇠 모든 것이 꿈결 같고	當時興廢俱如夢
구름 낀 산만 있어 사방으로 펼쳐졌네.	只有雲山四望開

---

411 신장성(信長城) : 아즈치성(安土城). 오다 노부나가(織田信長)가 교토를 실질적으로
장악한 후 천하 통일의 거점성으로 삼기 위해 비와호(湖)를 한눈에 바라볼 수 있는 해발
198m의 아즈치산(山)에 1576년부터 7년의 세월에 걸쳐 축성했다. 금색, 붉은색, 검은색
등으로 장식한 5층 7단의 호화스러운 천수각과 석벽의 건축, 산기슭에 계획적으로 설계한
성 밖 시가지 등은 이후의 성 건축에 막대한 영향을 끼쳤다. 1582년에 불탔다.

412 원숭이 : 초나라 지방의 원숭이[楚猿]는 그 울음소리가 슬프기로 유명하다.

413 영웅들이 이룬 패업 : 1467년 오닌의 난 뒤에 일본은 130년간 각지에서 크고 작은
영주들이 전쟁을 일삼는 전국시대로 접어들었다. 일본 전역은 전쟁터로 변했고, 백성들은
백년 이상 지속된 전쟁 속에서 혼란과 고통 속에 빠져 있었다. 전쟁을 빨리 끝내고 통일을
통해 안정을 되찾으려는 자각이 영주들 사이에서도 점차 생겨나기 시작했지만, 서로 자신
이 천하의 패권을 쥐는 일인자가 되려 했기에 전쟁은 좀처럼 진정되지 않았다. 이러한
때에 오다 노부나가(織田信長, 1534~1582)가 파죽지세로 일어나 일본 통일의 밑거름을
닦았다.

8월 22일 왜경⁴¹⁴에서 머물다
二十二日留倭京

들녘 사원 거듭 유람하니	野寺重遊地
오랑캐 고을에 객수 오래구나.	蠻鄕久客愁
풀벌레 가뜩이나 밤새 울어대고	草蟲偏咽夜
바람에 낙엽 지니 벌써 가을인가.	風葉已驚秋
구름바다 건너편에 고향 땅 있건만	雲海鄕關隔
센 머리⁴¹⁵는 해마다 색깔이 더하네.	星霜歲色遒
허리띠 구멍만 옮겨가는데⁴¹⁶	郶堪移帶眼
자꾸 칼머리⁴¹⁷ 매만지게 되누나.	頻自撫刀頭

---

414 왜경(倭京) : 교토(京都)를 말한다.

415 센 머리 : '성상(星霜)'은 나이를 가리키거나, 반백(斑白)을 가리키는 말이다.

416 허리띠 구멍만 옮겨가는데 : 허리띠 구멍이 옮겨질 정도로 힘들게 사행을 하여 몸이 여윈 것을 말한다.

417 칼머리 : '도두(刀頭)'는 도환(刀環)과 같으며, 칼머리의 둥근 부분을 말한다. 환(環)이 환(還)과 음이 같아서 고향으로 돌아감을 소망하는 의미가 된다.

저녁에 평방[418]에서 머무르다
夕泊平方

나그네 배 모래언덕 기대있고	旅棹依沙岸
저물녘 날 개니 가을 강물 맑구나.	秋江澹晚晴
물가 안개에 먼 포구가 흐릿하고	渚煙迷極浦
산속 나뭇잎은 높은 성을 가렸구나.	山葉隱層城
저문 숲 싸늘하게 햇볕 없으며	暝樹寒無影
인적 없는 여울에 언뜻 소리 들려.	空灘乍有聲
갈매기 이런저런 품은 생각 많은지	白鷗多意緒
유독 노 주변에 와서 반기는구나.	偏向棹邊迎

---

418 평방 : 지금의 히라가타[枚方] 시로 오사카 북하내(北河內) 지역에 위치한 도시이다. 히라가타 시는 마이카타 또는 마키카타라도고 하며, 히라카타(牧方)라고도 불렸다. 홍우재 (洪禹載)의《동사록(東槎錄)》에 의하면, 1682년 8월 2일에 대판에서 출발하여 50리쯤 나아 가 목방(牧方) 곧 평방(平方)에서 점심을 먹었다고 하였다.

8월 27일 새벽에 평방에서 출발하여 대판성을 향하다
二十七日 曉發平方 向大板城

물에 자고 산길 가니 노정을 헤지 못해	水宿山行不計程
나그네 배 일찍 떠서 첫닭 소리 좇누나.	旅帆催發趂雞鳴
서쪽으로 내려 가며 멀리 간 걸 잊었더니	順流西下仍忘遠
일어나서 동쪽 보니 상기 아니 밝았구나	起視東方尙未明
바닷가 잠든 갈매기 노 젓자 놀라 깨고	沙渚眠鷗驚棹過
버들 낚대 맑은 물결 조수냄[419]에 흔들리네.	柳磯晴漲覺潮生
선창에서 가만히 뱃사람 얘기 듣노라니	蓬窓靜聽舟人話
안개 숲에 희미하게 대판성이 보이누나.	煙樹微分大板城

---

419 조수냄 : '조생(潮生)'은 바닷물이 밀려들어오는 것을 말한다.

회포를 풀다
遣懷

기쁜 얼굴로 바라보는 곳에	望裏怡顏處
한가로운 구름 맑은 저녁 경치.	閑雲澹晚姿
시름 속에서도 뜻 맞는 일 생기면	愁邊適意事
알맞은 글자 찾아 새로운 시 지었네.	穩字入新詩
청명한 밤에 또 술 마셔야 하나니	清夜還須飲
돌아갈 날도 늦어지진 않으리라.	歸期亦不遲
멀리서도 고향 동산 국화 소식 알겠으니	遙知故園菊
응당 아직 피지 않은 꽃가지가 있겠구나.	應有未開枝

거듭 대판성에 대하여
重題大板城

병합하고 할거한 땅[420] 모두 먼지 되었어도	幷呑割據揚成塵
성곽에는 아직도 옛 섭진[421] 모습 전하네.	城郭猶傳舊攝津
매화 핀 난파 거리[422] 꽃향기가 무럭무럭	梅發難波香陣陣
물에 잠긴 귀정 다리[423] 푸른빛이 번쩍번쩍.	水涵龜井碧潾潾
돛배 달밤 맞아 평방[424]까지 올라가니	帆檣夜遡平方月
퉁소 소리 북소리에 주길신[425]이 봄 즐기네.	簫鼓春愉住吉神
경치 좋은 고을이라 무척 크고 화려하니	形勝一州殊壯麗
좋은 풍광 이제야 지친 나그네가 맡는구나.	風煙今屬倦遊人

---

420 병합하고 할거한 땅 : '병탄할거(幷呑割據)'의 주체는 풍신수길(豊臣秀吉), 곧 도요토미 히데요시를 가리킨다.

421 섭진 : 옛날 섭진국(攝津國) 지역이니, 섭진국은 일본의 지방행정구인 영제국(令制國) 가운데 하나로 경기(京畿) 지역 안에 속한다. 지금의 대판(大阪)을 포함하여 계시(堺市)의 북쪽, 북섭(北攝) 지역, 신호(神戸)의 수마구(須磨區) 동쪽이 모두 섭진국의 영역이었다.

422 난파 거리 : 난바[難波]는 오사카[大阪]의 번화가를 가리킨다.

423 귀정 다리 : 대판성 안에 있던 다리 이름이다.

424 평방 : 지금의 히라가타[枚方] 시로 오사카 북하내(北河内) 지역에 위치한 도시이다. 히라가타 시는 마이카타 또는 마키카타라도고 하며, 히라가타(牧方)라고도 불렀다.

425 주길신 : 스미요시산진[住吉三神]을 말하니, 저통남명(底筒男命)·중통남명(中筒男命)·표통남명(表筒男命)의 세 신을 말한다. 주길대신(住吉大神)이라고 부르기도 하며 여기에는 신공황후(神功皇后)을 포함시킨다. 각기 해신(海神)·항해신(航海神)·화가신(和歌神)으로 되어있다.

9월 5일 섭진의 서본사[426]에 다시 머물다
初五日 仍留攝津 西本寺

역관에 가을바람 나뭇잎 떨어지고	郵店秋風落
사행 길 푸른 바다 아득하구나.	征途碧海賖
먼 허공에 흰 기러기 자취 없으며	遙空無白鴈
계절 따른 노란 국화 구경도 못하네.	佳節負黃花
세상살이 어려우니 허물만 쌓여가고	世難身還累
근심걱정 많다보니 귀밑머리 세었구나.	愁多鬂已華
어느 때나 세상일을 모두 다 사양하고	何時辭俗務
돌아가서 한강에 배 띄우고 낚시할까?	歸釣漢江槎

426　서본사 : 대판성에 있는 니시혼간지(西本願寺)를 말한다.《해유록(海游錄)》에 의하면,
9월 4일에 사신 행차가 서본원사(西本願寺)에 객관을 정하였는데, 이 절은 대판에 있는
모든 절 가운데 규모가 가장 크고 화려하여 무려 천여 칸이나 되었다. 법당은 높고 큰데
무늬 있는 괴목(槐木)으로 기둥을 만들고, 돌을 깎아 뜰을 쌓았는데 높이가 10척이나 되었
다. 마루 안의 기둥과 들보는 모두 황금을 칠하였다고 하였다.

밤에 앉아 이전의 시운을 다시 쓰다
夜坐復用前韻

노년에도 아직 길 헤매는지라　　　　　　暮景仍迷轍

타국에서 다시금 나루터 묻네.[427]　　　殊方更問津

노란 국화 나그네를 웃는 듯　　　　　　　黃花如笑客

흰 머리만 짐짓 사람을 범하네.　　　　　　白髮故侵人

몸 늙어 시 지을 생각 적어져도　　　　　　身老詩情少

가을날 맑으니 물색이 새롭구나.　　　　　秋晴物色新

역정에는 말 나눌 사람 없어　　　　　　　郵亭無可語

오직 낮은 등잔대[428]와 벗하네.　　　　唯與短檠親

---

427 나루터 묻네 : '문진(問津)'은 나루터를 묻는다는 것은 올바른 삶의 길이나 정치의 방도를 탐구하는 것을 비유하는 말이다. 《논어》〈미자(微子)〉에서 공자가 자로로 하여금 장저(長沮)와 걸익(桀溺)에게 나루터를 묻게 하였다는[使子路問津] 고사로, 세상이 혼탁하여도 숨어살지 아니하고 세상에 나아가 사람들과 함께 하며 올바른 정치가 행해지고 올바른 도가 행해질 수 있도록 노력해야 함을 말한다.

428 낮은 등잔대 : '경(檠)'은 등경(燈檠)으로 등잔걸이[燈架]이니, 곧 등잔대이다.

또
又

내 신세 시름 속에 늙어가고	身世愁中老
고향산천 꿈속에 아련하구나.	鄕山夢裏賒
찬 서리에 모든 풀 시드는데	淸霜凋百草
보따리 삼화수[429]에 맡겨있네.	旅橐寄三花
안개 숲에 가을 그림자 묻히고	霧樹埋秋影
떠도는 쑥대처럼 가는 세월아.	風蓬閱歲華
사행 수레 일찍 떠나야 하기에	征車宜早轄
문 밖에 떠날 배 매여 있구나.	門外繫星槎

---

429 삼화수 : '삼화수(三花樹)'는 패다수(貝多樹)로 1년에 세 번 피는 꽃을 말하는데, 여기
서는 사행이 세 계절을 거쳤음을 뜻한다.

강어귀[430]로부터 밤에 가다
自河口夜行

굳센 밧줄 열 폭 돛[431] 높이 매달고	悍索高張十幅蒲
풍백에게 앞길 평온하길 다시 비누나.	更教風伯穩前驅
붉은 구름 잠긴 바다 파도가 비단 같고	紅雲浸海波如錦
조각달 흐르는 창공 이슬이 진주 같구나.	片月流空露似珠
만 릿길 사행 배 너른 바다 넘으며	萬里靈槎凌浩渺
십 주 신선 모두 불러낼 수 있으니	十洲仙侶可招呼
하늘빛과 물 기운 텅 비어 밝은 곳에	天容水氣虛明處
이 신세 편안히 신선계[432]에 있구나.	身世居然在玉壺

430　강어귀: 대판(大坂)의 요도가와[淀川]의 강어귀를 가리킨다. 요도가와의 하구는 대천(大川)·중진천(中津川)·시니기천(神崎川) 세 하천이 대판만(大阪湾)에 흘러드는 곳이다. 《계미동사일기》에 의하면 9월 6일 아침에 왜선(倭船)을 타고 강어귀[河口]를 나와서 밤에 병고(兵庫)에 도착하여 배 위에서 잤다고 하였다.

431　돛: '포(蒲)'는 포범(蒲帆)으로 부들로 짠 돛을 말한다.

432　신선계: '옥호(玉壺)'는 신선 경계를 가리킨다. 《후한서(後漢書)》〈방술전(方術傳)〉에 보면, 동한(東漢)의 비장방(費長房)이 신선이 되고자 하였는데 저자에서 어떤 노인이 큰 병 하나를 매달고 약을 파는 것을 보고 그 병 속으로 뛰어 들어가 노인에게 절을 하고 노인을 따라서 병 속으로 더 들어가니 주옥같이 아름다운 집이 많고 술과 음식이 차려있어 노인이 신선이라는 것을 알았다고 하였다. 그 뒤로 '옥호'를 선경(仙境)을 가리키게 되었다. 또는 옥으로 만든 술병이나, 고결한 마음속 생각이나, 밝은 달을 비유하기도 한다.

밤에 병고[433]에서 머무르다
夜泊兵庫

나그네 배 깊은 밤 맑은 굽이에 묵으니	客帆深夜泊晴灣
고깃배 불빛 희미하게 바닷물에 비치네.	漁火微明積水間
역관에 시끌벅적 오랑캐 말씨 들끓으니	郵舘啁啾蠻語沸
성안 사람 놀라서 객성[434] 돌아왔다 하네.	一城驚報客星還

---

433 병고 : 효고[兵庫] 현의 코베[神戸] 시를 가리킨다.《계미동사일기》에 의하면, 9월 6일 아침에 왜선(倭船)을 타고 하구(河口)로 나와서 밤에 효고(兵庫)에 도착하여 배 위에서 잤다고 하였다.

434 객성 : '객성(客星)'은 일정한 곳에 있지 않고 항상 새롭게 나타나는 별을 가리키니, 타지에서 온 나그네로 사행 간 사신들을 가리키는 말이다. 옛날에 객성(客星)에는 셋이 있었으니, 첫 번째 별은 노자(老子), 두 번째는 국황(國皇), 세 번째는 온성(溫星)이다. 노자는 덕행(德行)이 있으면서도 벼슬하지 않고 오래도록 수(壽)를 누린 사람이고, 국황은 누구인지 자세하지 않으나 나라의 황제라는 칭호를 받은 사람이고, 온성은 성씨가 온(溫)으로 조행(操行)을 지니고 벼슬하지 않은 사람인데, 세 사람의 정기가 모두 별로 변화하자 상제가 모두 객성이라 명명했다고 한다.

중구일 실진⁴³⁵에서 머물다 두 수
重九留室津 二首

가을바람⁴³⁶ 벌써 불어 온통 싸늘하니	金風已作十分涼
섬나라 늦가을에 기러기 줄지어 가네	水國窮秋鴈幾行
두루 청산 돌아봐도 고국 땅은 아니지만	四顧靑山非故國
일 년 중에 좋은 절기 중양절이 되었구나.	一年佳節又重陽
용산의 날린 모자⁴³⁷ 도무지 흥취 없고	龍山落帽渾無興
큰 바다에 배를 타고 다시 고향 그리네.	鯨海乘槎更望鄕
나그네길 오늘따라 아픈 마음 못 이겨	客程不堪今日恨
문득 시구 갖고 가는 세월에 답하네.	却將詩句答流光

기러기 내린 모래톱, 나뭇잎 휘날리고	鴈下汀洲葉盡飛
들녘 안개 비에 섞여 가느랗게 부슬부슬.	野煙和雨細霏霏
강바람이 뜻 있는 듯 검은 모자⁴³⁸에 불고	江風有意侵烏帽
오랑캐 객점에는 백의인⁴³⁹ 보내는 이 없네.	蠻店無人送白衣

---

435 실진 : 효고[兵庫] 현의 다쯔노[龍野] 시 어진정(御津町)에 속하는 파마탄(播磨灘)을 마주하고 있는 항구도시 무로츠[室津]이다. 《계미동사일기》에 의하면, 9월 8일 아침에 병고(兵庫)를 떠나 저녁에 실진(室津)에 도착했다고 하였다.

436 가을바람 : '금풍(金風)'은 오행 가운데 금(金)이 서방과 가을을 가리키니 가을바람을 말한다.

437 용산의 날린 모자 : 진(晉)나라 맹가(孟嘉)가 일찍이 정서장군(征西將軍) 환온(桓溫)의 참군(參軍)이 되었을 때, 중양일(重陽日)에 환온이 용산에서 연회를 베풀어 그의 막료(幕僚)들이 모두 모여서 술을 마시며 즐겁게 놀았는데, 마침 바람이 불어 맹가의 모자가 날아 갔으나 맹가는 그것도 모른 채 한껏 놀았다는 고사이다.

438 검은 모자 : '오모(烏帽)'는 오사모(烏紗帽)를 말하며, 옛날에 벼슬하는 관리들이 쓰던 검은 깁으로 만든 모자를 말한다.

남쪽 땅이라 부질없이 새 계절에 놀라고　　　南紀謾驚新節序
동쪽 울타리[440]에서 공연히 옛 향기 생각하네.　東籬空想舊芳菲
시골 노인[441] 산골 친구[442] 해마다 만나련만　　園翁溪友年年會
푸른 파도 돌아보니 모든 일이 어그러졌구나.　回首滄波事事違

---

439 백의인(白衣人) : 왕홍(王弘)이 중양절에 도연명에게 흰 옷 입은 아전을 시켜 술을 보내
준 고사.

440 동쪽 울 : '동리(東籬)'는 도연명의 〈음주(飮酒)〉에 "동쪽 울 밑에서 국화를 따다가,
유연히 남산을 바라보도다.[採菊東籬下, 悠然見南山.]"에서 나온 것으로 국화가 피어있는
전원을 가리키며, 고향을 그리워하는 마음을 나타낸 것이다.

441 시골 노인 : '원옹(園翁)'은 원전(園田)의 노인으로, 도잠(陶潛)의 〈귀원전거(歸園田居)〉
에 "황폐한 남쪽 들판을 개간하고, 졸성을 지키려 전원으로 돌아왔네.[開荒南野際, 守拙歸
園田.]"라고 하였다. 여기서는 윤순지 자신을 가리킨다.

442 산골 친구 : '계우(溪友)'는 시냇가에 살면서 산수에 정을 붙이고 사는 친구를 이른다.
송나라 황정견(黃庭堅)의 〈화답자첨(和答子瞻)〉에서 "옛 전원의 산림 친구 회를 먹어 뱃살
쪘으니, 멀리서 봄날 차 싹을 싸서 문안함이 어떠할까?[故園溪友膾腹腴, 遠包春茗問何
如?]"라고 하였으며, 육유(陸游)의 〈소주만귀(小舟晚歸)〉에서는 "병이 들어도 산림 친구
찾아가고, 시름 잊으려 배를 띄워 낚시하네.[扶病尋溪友, 忘憂泛釣槎.]"라고 하였다.

눈앞의 광경 육언 두 수
卽事 六言二首

산기운 옅어졌다 짙어졌다[443]　　　　　山氣淡粧濃沫
시골 마을 푸른 대 푸른 솔.　　　　　村居翠竹蒼松
해 지니 물안개 가물가물　　　　　日落煙波渺渺
구름 걷혀 누정들 겹겹이.　　　　　雲開樓榭重重

구름 속에 변방 가는 기러기 소리　　雲裏數聲邊鴈
문 앞에 만 이랑 푸른 물결.　　　　門前萬頃滄波
달 뜨니 떠나는 배, 기슭에 기대고　　月出征帆依岸
바람 잦아 자던 새, 가지 옮기네.　　風多宿鳥移柯

---

443 옅어졌다 짙어졌다 : '담장농말(淡粧濃沫)'은 담장농말(淡妝濃抹)과 같은 말로, 담백하고 우아한 화장과 짙고 고운 화장을 가리키니 아름다운 경치를 말한다. 송나라 소식(蘇軾)의 〈음호상초청후우(飲湖上初晴後雨)〉에 "水光瀲灩晴方好, 山色空蒙雨亦奇. 欲把西湖比西子, 淡妝濃抹總相宜."라고 하였다.

9월 10일 계속 머물다[444]

初十日仍留

문발 휘장 어득어득 갠 저녁에 기대어	簾幌沉沉倚晚晴
들녘 물가 조수 줄자[445] 초어스름 생기네.	野磯潮落暝煙生
강바람 뱃길 막아 믿을 것이 없지만	江風阻纜全無信
가을 달 사람 좇아 정감을 북돋우네.	霜月隨人倍有情
만 리길 노정이라 하늘 또한 머나멀고	萬里客程天共遠
깊은 가을[446] 구름무리 밤이라 훨씬 맑네.	九秋雲物夜偏淸
늙다보니 절로절로 고향 생각 간절한데	衰遲自切思鄕念
바다 밖 기러기 소리 어떻게 듣겠는가?	海外郍堪聽鴈聲

---

444 《계미동사일기》에 의하면, 9월 8일부터 12일까지 실진(室津)에 머물렀다고 하였다.

445 조수 줄자 : 조락(潮落)은 조수가 빠져나가 수위가 낮아지는 것을 말한다.

446 깊은 가을 : '구추(九秋)'는 가을 하늘을 가리키거나, 9월의 깊은 가을을 가리킨다.

회포를 풀다
遺懷

늘그막에 오랫동안 나그네 되어	暮景長爲客
험난한 길 근심걱정 몸에 겪누나.	危塗患有身
밤낮 돌아가는 세월의 수레바퀴	光陰雙轉轂
이웃할 이 조차 없는 푸른 바다.	滄海四無隣
몸 져 누워 남쪽 울 국화 그리고	臥病憐南菊
누대 올라⁴⁴⁷ 북극성을 바라노라.	登樓望北辰
세상사 모두 다 훌훌 벗어 버리니	世情俱脫落
시구들이 오히려 깨끗하고 신선하네.	詩句尙淸新
가을하늘 먼 곳을 한껏 바라보며	極目秋天外
들녘 물가에서 서글피 노래하네.	悲歌野水濱
해마다 해마다 중양절이면	年年重九會
옛 생각에 온통 마음 아프네.	懷舊一傷神

---

447 누대 올라 : '등루(登樓)'는 한나라 말기에 왕찬(王粲)이 자가 중선(仲宣)으로 동탁(董
卓)의 난리를 피하여 형주(荊州)에서 형주자사 유표의 식객의 있으면서 누대에 올라가
고향 생각을 하며 〈등루부〉를 지은 일을 말하는데, 그 뒤로 고향을 생각하거나 재주를
지니고도 때를 만나지 못함을 나타내는 전고가 되었다.

밤에 진화[448]에서 머무르다
夜泊津和

억새꽃 단풍잎 모래섬을 둘러 있고	荻花楓葉傍沙洲
갯가어귀 배 대니 저녁 밀물 소리.	浦口停橈聽夕流
하늘가 기러기소리 먼 섬에서 들리고	天濶鴈聲來遠嶼
밤 깊어 오랑캐 말 외딴 배에 들리네.	夜深蠻語在孤舟
늙어서도 사람사리 내버리지 못하고서	衰遲不棄人間事
이리저리 떠돌며 세상 밖을 거니누나.	漫浪偏成物外遊
신선세계 달 밝으니 멋진 흥취 생기고	仙界月明生逸興
퉁소 소리 가을 바다 어귀까지 퍼지네.	玉簫聲徹海門秋

---

448 진화 : 쓰와지[津和地] 섬을 말하니, 일본 에히메[愛媛] 현의 마츠야마[松山] 시에 속하였다. 《계미동사일기》에 의하면, 9월 14일 도포(韜浦)에 도착하고 전도(田島)를 지나 물가 언덕에 배를 대고 잤다. 밤 2경에 출발하여 15일 아침에 겸예(鎌刈)에 도착하고 낮 조수를 기다려 80리를 가서 진화(津和)에 이르러 배 위에서 잤다고 하였다.

9월 16일 새벽에 진화를 떠나다
十六日曉發津和

가을밤 나그네 길 돛배 하나 재촉하여	客程淸夜一帆催
바다 천리 삼신산[449]을 차례차례 지나네.	千里三山取次廻
하늘 밖에서 바다를 떠다닐까 근심마소	天外莫愁浮海去
달 속에서 도리어 바람 타고 돌아오리라.	月中還得御風來
미친 듯이 옥토끼[450] 부르며 선약을 구했고[451]	狂呼玉兎求仙藥
술김에 금빛자라 타고서[452] 바다를 건넜네.[453]	醉跨金鰲作渡盃

---

449 삼신산 : 삼산은 봉래(蓬萊)·영주(瀛洲)·방장(方丈) 등 전설 속의 세 신산(神山)을 가리킨다. 청천(靑泉) 신유한(申維翰)의 《해유록(海遊錄)》에는 일본의 부사산(富士山)·상근령(箱根嶺)·반대암(盤臺巖)을 삼신산(三神山)이라고 하였다.

450 옥토끼 : 달 속에 옥토끼가 있어 항상 불사약을 찧고 있다는 전설에서 온 말이다. 이백(李白)의 〈파주문월(把酒問月)〉에 "옥토끼는 봄이고 가을이고 불사약을 찧는다니, 항아는 외로이 지내며 누구와 이웃할꼬.[玉兎擣藥秋復春, 姮娥孤棲與誰鄰?]"라고 하였다.

451 선약을 구했고 : 진(秦)나라 때 시황(始皇)의 명을 받고 선약(仙藥)을 구하기 위해 동남동녀(童男童女) 3천 명을 데리고 먼 바다로 떠난 서복(徐福)이 일본에 도착하여 머물러 살다가 후지산 기슭에서 70세에 죽었다고 한다. 그 뒤에 일본인들이 그를 기리기 위해 후지산 기슭에 사당을 세우고 해마다 제향을 올렸다고 한다.

452 금빛자라 타고서 : '금오(金鰲)'는 금오(金鼇)라고도 하며, 신화에 나오는 바다 속에 사는 금빛의 큰 자라를 가리킨다. 옛날에 여와(女媧)가 자라의 다리를 잘라서 네 개의 하늘 기둥을 세웠다는 전설이 있으니, 자라가 바다에서 삼신산을 떠받치고 있기 때문에 한 표현이다.

453 바다를 건넜네 : '도배(渡盃)'는 배도(杯渡) 또는 배도(杯度)라고 한다. 진(晉)나라의 스님으로 기주(冀州) 사람이며, 성명은 미상이다. 항상 나무로 만든 잔[盃]을 타고 물을 건넜으므로 사람들이 배도화상(盃渡和尙)이라고 불렀으며, 작은 행실에 구애되지 않았고 신통력이 탁월하였다고 한다.

세상에 태어나[454] 장한 사행[455] 장부 일이니　　　　　　墮地壯遊男子事
예나 제나 몇 사람이 봉래산에 이르렀던가?　　　　　　　幾人今古到蓬萊

---

454 세상에 태어나 : '타지(墮地)'는 출생함, 세상에 태어나는 것을 말한다.
455 장한 사행 : '장유(壯遊)'는 큰 뜻을 품고 멀리 떠도는 것을 말하니, 다른 나라로 사신 가는 일을 가리키는 말이다.

아침에 상관[456]에 도착하다
朝到上關

천리 뱃길 긴 노정을 후딱후딱 재촉하여	千里長程瞥瞥催
사신들이 이제 깊은 가을 되어 돌아가네.	客星今傍九秋廻
선창의 발 걷으니 푸른 산이 눈에 들고	蓬窓捲箔靑山入
갈대언덕 노 멈추니 흰 갈매기 날아오네.	蘆岸停橈白鳥來
참으로 장한 사행 너른 바다 건너니	好是壯遊超汗漫
신선세계 잠깐 동안 배회해도 좋겠네.	不妨仙界蹔徘徊
변함없는 멋진 경물 맑은 흥취 돋아주고	依然物色供淸興
바닷가에 노란 국화 웃으며 피어있네.	沙際黃花素笑開

---

456 상관(上關) : 《계미동사일기》에 의하면, 9월 15일 밤중에 돛을 달아 상관(上關)에 도착하였다고 하였다. 가미노세키정(上關町)을 가리키며, 야마구치현(山口縣) 동남쪽에 있는 정(町)이다. 실진(室津) 반도의 제일 끝부분과 주변의 나가시마(長島)·이와이시마(祝島)·야시마(八島) 외에 기타 작은 섬들로 이루어졌으며, 주요 도시구역은 반도의 실진(室津) 지역으로 가미노세키대교(上關大橋)가 나가시마(長島)와 연결되어 있다. 옛날 에도시대(江戶時代)에 바다 서쪽으로부터 들어오는 배들을 검사하는 관구(關口)를 설치하였는데, 상관(上關)·중관(中關 : 지금의 三田尻의 中關港)·하관(下關 : 지금의 下關港)이 그것이다. 상관은 조선통신사 사절단이 머물게 하기 위해 건설된 최초의 항정(港町)이기도 하다. 여기에 다옥관(茶屋舘)이라 일컬어지는 어전(御殿)과 객관(客舘)·장옥부(長屋敷)·번소(番所) 등을 건설하였는데 그 규모가 3천 평이나 된다. 어전(御殿)에서는 당시 일본과 조선을 대표하는 학자와 문인들이 서로 시문(詩文)을 주고받는 등 화려한 문화교류가 이루어졌다고 한다.

이선의 〈상관 북루에 오르다〉[457] 시에 차운하다
次泥仙登上關北樓韻

깊은 가을[458] 오늘 또한 아주 좋은 날이니	九秋今日亦良辰
산국화는 서리 이기고 달은 사람 좇누나.	山菊凌霜月趁人
게다가 누각 있어 빼어난 경치 보여주니	復有樓居供絶勝
마침내 시의 뜻이 청신함을 다투게 하네.	遂令詩意鬪淸新
큰 소나무 울창한 대숲이 붉은 골짝에 늘어서고	長松密竹排丹壑
물든 안개 한가한 구름이 푸른 나루에 넘실거려.	彩霧閒雲漾碧津
주옥 같은 문장[459]으로 산수구경[460] 표현하되	但使琅玕輸騁望
시문 가지고 반악[461] 흉내는 내지 말지어다.	莫將詞賦效安仁

---

457 상관 북루에 오르다 : 신유의 《죽당선생집(竹堂先生集)》 권3 《해사록(海槎錄)》 하권에 있는 〈상관불루주석정정부사(上關北樓酒席呈正副使)〉이니 그 내용은 다음과 같다. "每倚危樓望北辰, 他鄕相對未歸人. 開樽大海靑山暮, 岸幘高風白髮新. 中國地形蟠廣陸, 上關天險控長津. 座間談笑平戎略, 牧淚吾將效伯仁."

458 깊은 가을 : '구추(九秋)'는 가을 하늘을 가리키거나, 9월의 깊은 가을을 가리킨다.

459 주옥같은 문장 : '낭간(琅玕)'은 주옥같이 아름다운 돌을 말하니, 진귀하고 아름다운 물건을 비유하거나, 아름다운 글이나 말을 비유한다.

460 산수구경 : '빙망(騁望)'은 눈을 크게 뜨고 멀리 바라보거나, 말을 타고 달리면서 유람하는 것을 말한다.

461 반악 : '안인(安仁)'은 진(晉)나라 반악(潘岳)의 자로, 반악의 〈한거부(閑居賦)〉에 의하면, 반악이 일찍이 하양(河陽)의 현령이 되었을 때 고을 안에 복숭아나무와 자두나무를 가득 심었는데, 사람들이 관리가 정치를 잘하고 부지런한 것을 칭찬하여 반화(潘花)라고 불렀다고 하며, 또 반악의 〈추흥부(秋興賦)〉 서문에서 "나의 나이가 서른두 살인데 비로소 두 가지 털을 본다.[余春秋三十有二, 始見二毛.]"고 하였는데 그 뒤로 중년에 귀밑머리가 비로소 하얗게 되는 것을 반빈(潘鬢)이라 하였다고 하며, 아울러 서른두 살을 '이모지년(二毛之年)'이라 부르게 되었다고 한다.

배 안에서 되는대로 짓다
舟中漫題

조서 들고 동쪽 와서 일 끝내고 돌아감에	奉勅天東幹事回
잘도 가는 돛배 타고 오늘 봉래 지나도다.	快帆今日過蓬萊
이어진 섬 안개 숲을 어렴풋이 지나가고	連洲煙樹依微過
눈앞 뱃길 강과 산이 차례대로 오는구나.	前路江山次第來
만 이랑의 풍파에도 몸이 아직 건재하고	萬頃風濤身尙健
깊은 가을 좋은 경물 눈이 번쩍 뜨이도다.	九秋雲物眼偏開
평생을 홍문관[462]에 조서 쓰던[463] 손이건만	平生玉署絲綸手
홀로 먼 길 가는 배에 기대 술잔만 드는구나.	獨倚征蓬擧酒盃

---

462 홍문관 : '옥서(玉署)'는 홍문관(弘文館)의 별칭이다.
463 조서 쓰던 : '사륜(絲綸)'은 임금의 조서(詔書)를 말하니, 《예기》〈치의(緇衣)〉에 "왕의 말이 가는 실과 같으면, 그 나온 것은 인끈과 같아진다.[王言如絲, 其出如綸.]"라고 하였다.

밤에 일기도[464]에서 머무르다
夜泊一歧島

예 나루정자에서 고생 뒤에 머물었더니	曾向津亭費苦留
다시 돌아가는 길에 가는 배에 묶였구나.	又從歸路繫行舟
세월 따른 나그네 길 서리 기러기에 놀라고	光陰客路驚霜雁
오고가는 안개 물결 바다 갈매기에 익었구나.	來徃煙波慣海鷗
짧아진 머리털에 부질없이 반악 한탄[465] 늘어가고	短髮謾添潘令恨
험난한 뱃길이라 몹시도 자장 유람[466] 후회하네.	畏塗偏悔子長遊
만 리 제후 봉해지는 방략을 안다 해도[467]	堪知萬里封侯略

---

464 일기도 : 이키시마[一歧島]는 일기(壹歧)라고도 하며, 나가사키[長崎] 현 이키시마[壹歧島]의 옛 나라 이름이다. 《삼국지》〈위지(魏志)·왜인전(倭人傳)〉에는 일지국(一支國)으로 기록되어 있는데 남북조 이후에는 대마(對馬)·송포(松浦) 등과 함께 왜구의 근거지가 되었고, 전국시대 말에는 히라토마츠우라[平戶松浦]의 지배를 받았다.

465 반악 한탄 : '반영(潘令)'은 진(晉)나라 반악(潘岳)이 하양(河陽) 현령을 지낸 것을 말하며, 여기서는 그의 〈추흥부(秋興賦)〉 서문에서 "나의 나이가 서른 두 살인데 비로소 두 가지 털을 본다.[余春秋三十有二, 始見二毛.]"고 하였듯이 중년에 귀밑머리가 비로소 하얗게 되는 반빈(潘鬂)을 한탄한 것을 말한다.

466 자장 유람 : '자장유(子長遊)'는 사마천(司馬遷)의 자가 자장(子長)이니 사마천의 장유(壯遊)를 말한다. 사마천은 젊어서부터 산수 유람을 좋아하여 남북으로 명산대천을 다녔다. 20세 때 남쪽으로 강회(江淮)·회계(會稽)·우혈(禹穴)·구의(九疑)·원상(沅湘)을 유람하고, 북쪽으로 문(汶)과 사(泗)를 건너 제(齊)나라와 노(魯)나라의 땅에서 강학(講學)을 한 다음, 양(梁)나라와 초(楚)나라를 거쳐서 돌아왔다. 이러한 장대한 유람을 통하여 문장이 크게 발전하여 《사기(史記)》라는 위대한 저술을 남기게 되었다.

467 만 리 제후 …… 안다 해도 : '만리봉후략(萬里封侯略)'은 공을 세워 관직이 높아지고 귀한 신분이 되는 것을 말한다. 후한(後漢)의 장수인 반초(班超)가 집이 가난하여 대서(代書)의 일을 하며 먹고 살다가 만 리 제후에 봉해질 상(相)이라는 말을 듣고 두고(竇固)를 따라 흉노(匈奴) 토벌에 나서 별장(別將)으로 큰 공을 세우고 정원후(定遠侯)에 봉해졌다.

고기 잡고 나무 하는 시골생활[468]만 못 하느니.   不及漁樵守一丘

---

468 시골생활 : '일구(一丘)'는 일구일학(一丘一壑)의 준말로, 벼슬을 하지 않고 세상을 피하여 시골에 살면서 전원의 풍류를 즐긴다는 뜻이다. 반고(班固)의《한서(漢書)》〈서전(敍傳)〉에 "골짜기에서 낚싯대 드리우니 어떤 일도 그 보다 좋아하지 아니하고, 언덕에서 조용히 숨어사니 천하 무슨 일에도 그 즐거움을 옮기지 않네.[漁釣于一壑, 則萬物不好其志, 棲遲于一丘, 則天下不移其樂.]"라고 하였다.

9월 26일 일기도에서 계속 머물다[469]
二十六日 仍留一歧島

바다 어귀 바람 몹시 사나워	渡口風偏惡
하늘가 나그네 돌아가질 못하네.	天邊客未歸
역정이 추우니 온 몸이 움찔대고	郵亭寒淰淰
고향 길 멀어서 눈앞이 아득쿠나.	鄕路遠依依
지팡이 놓고 고래 싸움 구경하고	拄杖看鯨鬪
난간에 기대어 기러기를 세는구나.	憑軒數雁飛
물 건네주는 노, 몹시 애처롭구나	深憐濟川楫
여러 날 물가 바위에 묶여있으니.	連日繫沙磯

---

469 9월 26일 일기도에서 다시 머물다 :《계미동사일기》에 의하면, "아침에 흐렸다가 늦게 개었다. 바람에 막혀 일기도에 머물렀다."고 하였다.

9월 27일 밤에 대마도로 돌아와 머무르다[470]
二十七日夜 還泊馬

강길 따라 갓등[471] 놓아 점점이 밝은데	江路篝燈點點明
밤 깊어 마주성[472]에 돌아와 정박하네.	夜深還泊馬州城
오랑캐 아이들 모이는데 아는 얼굴 많고	蠻童聚岸多知面
물새들 배를 맞아서 정감 있는 듯하구나.	渚鳥迎船似有情
남쪽 울 국화 벌써 피었다 오늘 눈물지우며[473]	南菊已開今日淚
만송사[474]의 옛 종소리 아직 전처럼 들리네.	萬松猶出舊鍾聲
아침 오면 고향 길을 볼 수 있을 테니	朝來可望鄉關路
늙은 몸에 걸음마다 가뿐해짐 알겠구나.	老體堪知步步輕
만송은 섬 안에 있는 절 이름이다.	萬松, 島中寺名

---

470 9월 27일 밤에 대마도로 돌아와 머무르다 :《계미동사일기》에 의하면, "흐림. 진시경에 배가 출발하여 대양(大洋)으로 나갔다. 바람이 약해서 갈 수가 없어 종일 노를 저었다. 밤 2경에 대마도에 도착하여 육지에 내려 대평사(大平寺)에서 쉬었다."고 하였다.

471 갓등 : 구등(篝燈)은 등갓을 씌워 바람을 막도록 만든 등불이다.

472 마주성 : 대마도에 있는 성을 말한다.

473 남쪽 울 …… 눈물지우며 : 두보의 〈추흥(秋興)〉 8수중 제 1수의 "叢菊兩開他日淚"를 응용한 표현이다.

474 만송사 : '만송(萬松)'은 대마도에 있는 반쇼인[萬松院]을 말한다. 19대 대마도주 소오 요시토시는 임진왜란 이후에 조선과 국교 회복을 하기 위해 온 힘을 다하여 조선통신사 초청을 성사시킨 인물로, 반쇼인은 20대 도주 소오 요시나리가 아버지 요시토시의 명복을 빌며 1615년에 창건한 송음사(松音寺)를 1622년 요시토시의 법호를 따서 반쇼인이라 개칭한 것이다.

귤
橘

금빛 감귤⁴⁷⁵ 갓 익으면 맛이 몹시 좋은지라	金丸初熟味偏佳
광주리 듬뿍 담아 해마다 궁궐⁴⁷⁶에 바치네.	筐篚年年貢玉階
기이한 풀 초 땅에서 많이 난다 말하지만	見說奇苞多產楚
감귤 아직 회수를 건너지 못했다고 하네.⁴⁷⁷	更聞仙種未過淮
향기 명성 오래도록 굴원 노래⁴⁷⁸로 퍼지고	芳名久播靈均頌
아름다운 일 일찍이 육적 품에서 전하도다.⁴⁷⁹	美事曾傳陸績懷
아까울사 진귀한 맛 이 땅 안에 남았으며	可惜珍甘留此地
외론 뿌리 오래도록 습한 강가에 맡겨 왔네.	孤根長托瘴江涯

---

475 금빛 감귤 : '금환(金丸)'은 금으로 만든 탄환이나, 황금빛 과실을 말하니 감귤을 가리킨다.

476 궁궐 : '옥계(玉階)'는 궁궐 앞의 섬돌로 궁궐을 가리킨다.

477 감귤 …… 하네 : '선종(仙種)'은 감귤을 말하는 것으로, 감귤이 회수를 건너면 탱자가 된다는 고사를 인용하여 감귤이 회수를 건너가지 않았다고 말하지만 이미 일본까지 건너왔음을 말하는 것이다.

478 굴원 노래 : 초나라 굴원의 《초사》에 실려 있는 〈귤송(橘頌)〉에서, "천지 사이에 아름다운 나무가 있으니 귤이 우리 땅에 내려왔네. 타고난 성품은 바뀌지 않으니 강남에서 자라는구나.[后皇嘉樹, 橘徠服兮. 受命不遷, 生南國兮.]"라고 하여 귤나무의 색다른 성징을 찬미하였다. 영균(靈均)은 굴원(屈原)의 자이다.

479 육적 품에서 전하도다 : 삼국시대 오(吳)나라 육적(陸績)이 6살 때 구강(九江)의 원술(袁術)을 만났는데 원술이 귤을 내오자 귤 3개를 몰래 품속에 품어 집으로 돌아가려다가 귤을 땅에 떨어뜨리자 원술이 말하기를 "육랑(陸郎)은 손님이 되어 어찌 귤을 품에 넣었는가?"라고 묻자, 육적이 무릎 꿇고 대답하기를 "돌아가서 어머니께 드리려고 했습니다." 하니 원술이 크게 기특하게 여겼다고 한다.

비파[480]
枇杷

이 세상에 좋은 나무 이게 가장 기특하니	嘉木人間此最奇
단 과즙이 꿀 같으며 이슬은 살결 되었네.	甘津如蜜露爲肌
주렁주렁 열매 맺어 노씨집에[481] 심겼으며	離離子結盧家種
나무마다 향기 풍겨 두보 시에[482] 노래했네.	樹樹香傳杜甫詩
얼음서리 두루 겪어 여름이면 열매 익고	遍閱冰霜成夏熟
복사오얏 따르잖고 봄날 자태 고와라.	不隨桃李媚春姿
날 추워서 초목들이 이제 이울어 지지만	天寒草木今搖落
사랑스런 옥빛 꽃잎 홀로 가지 가득하네.	可愛瓊葩獨滿枝

---

480 비파 : 비파(枇杷)나무 또는 비파나무의 열매를 말한다. 열매가 현악기 비파를 닮았다고 하여 비파나무라고 불렀다고 한다. 비파 열매는 맛이 달고 시원하며 폐를 윤택하게 하고 갈증을 멎게 하고 기를 내리는 효능이 있다. 추위에 약해 따뜻한 지역에서만 재배되는데 원산지는 중국과 일본의 남쪽 지방이다. 열매는 6월에 익으며 달콤하고 향기가 좋다. 꽃은 흰색으로 10월에서 11월에 핀다.

481 노씨 집에 : '노가(盧家)'는 부유한 집을 말하는데, 낙양(洛陽)의 여인 막수(莫愁)가 부자인 노씨 집안에 시집갔다는 내용의 고악부(古樂府)에서 유래하였다. 남조 양(梁)나라 무제(武帝)의 〈하중지수가(河中之水歌)〉에 "하중의 물은 동쪽으로 흐르는데, 낙양의 여아는 이름이 막수라네. …… 열다섯에 시집가서 노씨 집안의 부인이 되었고, 열여섯에 아이를 낳으니 자가 아후로다.[河中之水向東流, 洛陽女兒名莫愁. …… 十五嫁爲盧家婦, 十六生兒字阿侯.]"라고 하였다.

482 두보 시에 : 두보가 〈전사(田舍)〉에서 "비파는 나무마다 향기롭다.[枇杷樹樹香.]"라고 한 것을 말한다.

저녁에 녹천[483]에 이르다
夕抵鹿川

눈 밑에 내 낀 물결 하얗고	眼底煙波白
바닷가에 술집 깃발 푸르게.	沙邊酒幔靑
물가 구름 깔린 데 어둑어둑	渚雲低黯黯
산에 해 떨어진 곳 우뚝우뚝.	山日落亭亭
흐르는 절기에 가을 만나니	流序逢秋月
타향에서 오래 나그네 신세.	殊方久客星
슬픈 노래 남녘 가에 퍼지니	悲歌南極外
늙어 뜬 마름 타령 부끄럽네.	垂老愧浮萍

483　녹천 : 효종 5년(1655)에 통신사 종사관으로 일본에 다녀온 남용익이 지은 《문견별록 (聞見別錄)》에 "신내천(神奈川)은 왜말로 가나가와[加郞加臥] 녹천(鹿川)이라고도 한다. 등 택의 동쪽으로 거리 50리에 있고, 땅은 무장주(武藏州)에 소속되었다. 인가가 모두 바닷가 에 있고 바다는 수증기 때문에 어둡고, 동쪽으로 20리 거리에 하기(河崎)라는 큰 마을이 있다."라고 하였다.

7월 20일 밤
二十日夜

칠월 중순 밤	七月中旬夜
외딴 성 만 리 밖.	孤城萬里身
문 열자 가을 기운 들어오고	開軒秋氣入
술잔 잡으니 달빛 새롭다.	携酒月華新
늘그막 오래도록 나그네 신세	暮景長爲客
헛된 공명에 사람 그르쳤구나.	浮名謾誤人
고향 땅은 푸른 바다 너머	故園滄海外
돌아보며 왼통 눈물 적실뿐.	回首一沾巾

서박의 배 안에서 밤에 읊조리다[484]
西泊舟中夜占

바닷가 밀물 들어 모두 평평하고   沙際潮回一望平
물새 울며 흩어지곤 아무 소리 없네.   渚禽啼散悄無聲
하늘 낮고 바다 넓어 구름은 수천 조각   天低海闊雲千片
북두 돌고 삼성[485] 누워 밤이 다 지났네.[486]   斗轉參橫夜五更
일어나서 뱃길[487] 보며 남은 거리 논하고   起向水程論遠近
가만히 시구 읊조리며 날씨를 살피누나.   坐占詩句課陰晴
반평생 날아오른 뜻 불쌍하고 불쌍하니   深憐半世飛騰志
늙그막에 부질없이 만 리 사행 하였구나.   投老空爲萬里行

---

484 서박의 배 안에서 밤에 읊조리다 : '서박(西泊)'은 대마도(對馬島)의 니시도마리[西泊] 를 말한다. 《계미동사일기》에 의하면, "악포(鰐浦)까지 가려고 새벽에 배를 출발시켰는데, 바람이 없어 돛을 올리지 못하고 노를 재촉해 저어 나갔다. 오후가 되니 바람이 거꾸로 불고 물결이 일어 노 젓는 사람을 더 늘렸는데도 배는 몹시 더디게 갔다. 간신히 서박(西泊) 에 도착하니 사람이 이미 피로하고 밤도 또 깊었다."라고 하였다.

485 삼성 : '삼성(參星)'은 이십팔수(二十八宿) 가운데 스물한 번째 별자리로, 10월 밤에 나타난다고 하였다.

486 밤이 다 지났네 : '오경(五更)'은 새벽 3시부터 5시까지를 말한다.

487 뱃길 : '수정(水程)'은 항행(航行), 항해, 수로의 길이 등을 말한다.

涬溟齋詩集 卷之三

행명재시집 권3

何如天涯多少分離恨拈得新詩泚筆書。

峽裏煙霞望裏新。一城光景屬芳辰山雲障日仍成

雨谷鳥爭花不避人千里登高携酒處百年多病倦

遊身愁中謾把淋漓筆報答林園爛熳春。

次副使示韻　網趙公

香案多年揮翰手。驛亭今日倚樓身爭膽標格堪尊

對自愧踈慵托後塵錐偶處囊寧免笑士逢知己合

求伸清秋完璧歸來路擬託朝中第一人。

永川朝陽閣次扳上韻。

野桃繞落燕初回江閣迢迢傷晚開選擖作看青鳥

2

出捲簾時許白雲來。沙邊芳草供詩料波際流霞入

酒盃未向名區酬宿債。蹔停征旆爲遲回

雞林謾記

白頭攜管記南征。到處江山琢句成萬里長驅當熟

路。一春佳節屬新晴。前朝文物千年地古井煙花半

月城駐馬欲尋興廢跡。暮雲踈雨不勝情。

龍堂題主家

世間誰得此生涯較勝山陰道士家連陌甫田滋曉

雨趁溪高閣絕晨霞巖泉近遠庭邊竹苔徑斜通檻

外花見說開居無一事日敎僮僕理桑麻。

滓溟集　卷之三　　二

到東萊感懷

今到地窮處此行猶未休。蓬山萬餘里滄海一扁舟。

縱有桑梓地寧無去國愁。朝來撫雙鬢蒲柳已驚秋。

蔚山宣威閣

碧海蓬山路不迷。偶乘詩興躡仙梯。城頭畫閣增新

賞。壁裏紗籠撫舊題。當檻穠花鸎恰恰映階遲日草

萋萋。村家幸得官無事。處處農謳起野畦。

題東萊館

巨浸茫茫萬里開大鵬飛盡雲商雲堆春深蘇蝦山邊

宅花發崔仙海上臺勝地千秋留物色此身今日復

歸來登高悵把浮丘袂拾得煙霞滿袖廻。

留金山讌占

曲欄東畔下重簾落晚輕風入畫簷野芳春粳珠翠
並客盤珍味海山兼蠻船通貨輸金錫蜑戶謀生賤
米鹽佳句恰堪題勝地彩毫聊得似江淹。

登金山絕頂望馬島。

八極冥濛裏孤城縹緲間地窮唯有水天遠更無山。
周滿曾難到秦童此不還男兒那計脚今日合開顏。

題釣鰲軒

落晚孤村雨邊斜古戍樓鄉愁來黯黯春色去悠悠。

湋溟集　卷之三　　　三

一路連滄海餘生已白頭長年無意緒遙夜理行舟。

寄呈萊山明府鄭德基令案

嶺外雄關海上城一區形勝近蓬瀛臺隍壓水鯨蜺
偃樓櫓防秋劍戟明物貨南金兼大貝人煙綠橘間
蒼橙青春歌管繁華地年少遨頭政有聲。

次副使韻

南畝巾車又負春歌論今世我知津葵忱只欲酬吾
主難卜甯鹺賽水神爲報魚龍須戒路更敎猿鶴且
休嗔愁中忽得凌雲句妙唱堪翻點絳唇。

次副使韻題釣鰲軒三首

版築曾看闊萊星霜今忽卅年催風塵浪跡蓬瘦

髮溓倒轡懷酒一盃玉節迥導桑海轉仙槎將訪斗

牛廻餘生南北身全老悵望黃金駿馬臺。

天壤茫茫眼力窮壯遊今世許誰同沙頭已射三竿

日雲末微生五兩風地主愛人攜酒檻騷翁隨興寄

詩筒偏憐漁子饒情緖春綱時分赤鯶公。

鶺霄低襯霄雲平桂魄還從脚底生疊浪浮空風乍

起繁花當檻夜搪明樽前捲箔三春色天畔登樓萬

古情尺紙可知今退敵趙州新語勝長城。

和奉巡相清癯今案

滓溟集　　卷之三　　　四

萍水殊方本不期。故入珍重駐襜帷燈前話舊心如
夢客裏分携髲馬絲。忽漫逢迎還是別。可堪雲樹更
相思沉吟欲報瓊瑤句。暮景偏傷沈約詩。

又寄巡相

東到蓬山路渺茫感公前月遠相將親朋暮景今餘
燹離恨春宵亦似長積水際天雲盡黑瘴煙運塞日
偏黃深知杜甫無情緒謾說他鄉勝故鄉。

留釜山已經月紀感

漁戶層軒外孤城積水湄風高波起立天遠日低垂。
此地來經月殊方去幾時稽留多少恨深恐緩歸期。

萊山謾占十五首

嶠南表裏有山河。人物兼傳楚望多。地歷炎荒蟠

木天開大海抱新羅。

崀山曾此國如萍蠻觸乾坤闊莽蒼文獻世間今泯

絕海濱遺址數峯青。

蓬萊城外海冥冥金梵山容望裏青往事千年無覓

處牧童猶解鄭瓜亭。

釜山形勝類天成萬曆年中始設營債帥不知邊閫

重尺看春草遍空城。

天外孤雲俏晚陂崔仙當日此攄遲遂令海岸尋常

澤渼集　卷之三　　　五

地點化人間第一奇。

穆滿求仙事可哈。當時空向閶風廻蓬山隔水繞盈

尺八駿何曾此地來。

積氣茫茫四望開海山如錦水如苔吾生自是真仙

骨默數蓬萊來五往來。

艨艟舸艦夜連牆布置關防計策良見說此時陰雨

備只輸魚菜往來忙。

蠻船物貨賤如沙大貝南金雜綺羅陽翟自來多大

賈女娘無數倚門歌。

畫角嗚嗚弄晚颸碧天雲捲月如眉邊城此日銷金

甲。空向游人訴別離。

水氣霏微夜滴窓。剛風吹入碧油幢。鄉關一夢誰呼
覺城外波濤自擊撞。

簾箔低垂畫閣深。瘴煙籠樹月西沉催傾帳裏三盃
酒澆却燈前萬里心。

戔紅輕雨落鮫綃山市春陰喷作嵐地紀自臨滄海
盡離筵猶唱望江南。

偶攜班杖倚崔嵬月力遙窮碧海隈盍舶曉歸多大
浦。螢檣春過太宗臺。

城頭樓觀似魚鱗城外人家住水濱曉日風帆將波

津溟集　卷之三　六

海夜吹簫管賽波神。

次從事申泥仙韻 濤

四無人處更無聲詩思還如夜氣清。雨過孤村風送
浪角吹荒戍月臨城鄰關路遠腸堪斷滄海波寒夢
易驚遊子此時無限意白雲芳草古今情。

十五日行船洋中阻大風

此地人誰到吾生本不期層濤萬死後斜日獨行時。
野鳥歸莎岸村椎吠竹籬萍蓬無着處心折此遲遲。

次泛海韻

滄海如盂水扶桑似一毫輕舟開快纜萬里截層濤。

疊鼓奔鯨偃撼金鼇鱷逃圖南知不遠何必羨鵬翱。

次申從事詠倭諧韻

瞥瞥風飆疾似飛海中童丱着斑衣滿船珠貝金銀

貨換得麻絲粟米歸。

多大浦次從事韻

微日下芳洲滄津吞衆流前途千萬里行客一孤舟。

掛席風猶澁停橈雨不收山河還似隔携酒更誰酬。

舟夜紀懷

空裏扶桑路苦迂駐篷滄海夜頻徂濤聲挾雨偏喧

眼山色籠煙半有無人語漁村牧郭索火明螢舶網

涬溟集　卷之三　　七

娵隅從知舟楫堪酸骨。一夢因何泛五湖。

初一日到馬島

孫嶼蓬瀛裏名區地軸東。樓居疑蜃暈閭里倚蛟宮。庭葉櫻榈碧山花躑躅紅。神仙非妄耳。今在默存中。

又

海潤疑無地。山開忽有人。短衣纔掩骼。長劍不離身。習俗猶傳越。居民昔避秦。爭來迎玉節。挾路引緌輪。

對馬島次從事韻

地紀齊州外。人煙疊浪中。誰論千里遠。今見一帆通。草樹先春碧。煙霞浴日紅。寰中開別界。疏鑿是誰功。

初十日紀恨

留滯孤城又一旬。倦遊雙鬢摠成銀。林風乍定雲生
嶂。楓雨纔晴月趂入日下蓬山尾有夢眠邊桑海香
無津浮生苦被功名縛形役偏從長路頻。

舟中謾興

如此更安之已窮天一涯千秋謝公嘯今日津漠詩
二氣遙軒霽三山午蔽鬱靈槎將近岸報與列仙知。

十八日發鳴護屋向藍島

破浪催征鵠臨流掣巨鰲且須攀若木仍欲摘蟠桃。
孤嶼煙霞爛遙天海日高長年報風信銃鼓沸層濤。

津漠集　卷之三　　八

博多浦。卽朴堤上就義處鄭圃隱駐節地感舊

謾筆。

堤上成仁地烏川擁節過高忠懸日月遺跡有江湖。

鳥較田橫勝山方峴首多襟期知不隔撫古一長歌。

發藍島向赤間關。

際曉呼三老揚帆赴水程誰知催去意便是欲歸情

旗脚占風候舵頭問島名山明炎雨過雲捲早潮生。

滄海雖飛渡艱難實飽更眼邊差可慰的的近蓬瀛。

灰泥翁冷泉津忠烈歌韻

崇川莫莫碧海茫茫兩地欲濟無涯津朴公死國妻

15

涬溟集　卷之三

死公。嗚呼當日公有妻國有人男兒取義尚云罕女

嬌胡為便亡身九原朽骨摠眛眛公家夫婦垂耀千

千春天荒地久自齟齬滄海有時猶揚塵長虹赤霓

欝未洩萬古深寃誰得識冷泉津沙浩浩愁雲慘慘

籠摻辣翩然孤鶴啼向人莫使忠魂來對臆。

上關舟中。復用副使韻。

海門天險此重關回顧江河總等閒未夏癉炎烘似

火。不時風浪湧如山津邊蜒尸依沙窠浦口陰雲醫幕

地頑眼界可知非我土客程隨處菩周顏。

題觀音寺一名福普寺

九

竹房高出樹□名異欄檻憑虛熱動搖眼界盡收天界

澗洞門低壓海門遙扶桑曉日當窓浴蓬島紅雲入

座飄銀渚祇堪容一葦不須烏鵲架成橋

次髫翁韻贈洪長老 趙副使 一鶚

道人胸中吞大象道人眼底無苦海蒲團宴坐守玄

牝一氣千息還無餒清如摩尼照濁水炯如薝蔔開

紅薝實納今成出水蓮善眼却向三山巒身携蘭上

與稻哇萬里浮盃歌敕乃波神奔走伏呪功每龍狂

敎背遠草長將慧劒加磨龕撗拭明鏡無時怠扶桑

之岸東院西候我靈槎艤船待妙諦不俱慕佛祖慱

17

識還能辨豕亥得師眉睞聞師語所耳颯颯除盯睰。
坐眠神骨欲冠顱要使蟬晃映華彩䎃䎃羹語似蜜。
殊高價不數珠百琲憗弖與師不同道早向舜殿歌
賡載玄談久負支道林左痹空傳杜元凱今來只論
南越王不願功名登鼎鼐賴師前路道金篦頓覺胸
襟少尤悔芳蓮倘竹許結綠瑤草仙山期共採人間
我是夫鐵腳物外師今忽慾鎧逝將追逐煙霞裏一
念未許浮雲改掌洗丹田反我真剪盡荊棘滋芳莊。
蓬流清淺任適來萬事雖慙聽真宰成佛寧居靈道
後佳句元非子羨猥共君聊浪廣莫鄉摹扇風塵恐

滓溟集　卷之三　　十

18

我說。

錄贈恕上入求和

善眼如花向我開。海天千里佛光來。空門共祖曹溪
印。詞墨堪奴賈島才。破衲幾年長面壁。短筇今日穩
乘盃龍鍾亦得繼禪寂歸路行當號萬回。

初六日自室津行船

渺渺層濤裏花花獨去時雲霞迎遠客魚鳥送征旗

波日天嶷轉帆風岸似移長途猶未盡還自笄歸期

舟次河口此是海程盡處

泛海今三月艱難已備嘗水程臨岸盡舟子落帆忙。

轉覺離鄉遠。搊聞去路長。平生五字律。隨處入奚囊。

大板城

蠻浦新開府。平酋舊作都。江山雄攬結。城郭壯規模。舟楫徊通越。滄溟遠抱吳。長堤三十里。臺榭映重湖。

十三日乘綵船發大板城向淀浦。

綵纜牽江色輕風颺夕流。遠煙低廣野。前路入芳洲。簫鼓穿雲咽。樓臺夾岸稠。乘槎凌漢渚。何似此中遊。

又

渚雲輕捲晚潮廻。水色天容上下開。仙界夜深風浪靜。滿江煙月放船來。

浮溪集　卷之三　　十一

十四日次倭京二首

童丱當年此避秦海中風壤更宜入山河氣色浮天
地草木文章別世塵亂瀑夜懸清水寺輕帆青簇宇
治津青莎白石明如洗仙界雲煙望轉新。
海外繁華數洛陽眼邊雲物卽仙鄉川原錯綜煙霞
氣樓榭氤氳草樹香竹翠近窓凉似水林霏和月夜
疑霜星搓此日金閶客欄角尋詩興轉狂撰洛陽。其都目。

次崗崎

夾街花竹路縈回縹緲孤城畫裏開汀路霧收青嶂
出水村天遠彩雲堆連洲橘柚人煙盛敝海帆檣賈

21

容來賓舘夜深排勝識九枝燈下玉爲盂。

江尻

大野茫茫碧樹稠粉樓丹閣逈添愁雲開富士窓前
出地拆天龍檻外流老去萍蹤悲作客夜來梧葉又
鳴秋郵亭點檢歸時橐萬里行裝一獘裘。

夕抵藤澤

藤澤千年地星槎萬里程平原蟠井絡大野入蓬瀛
樹密蟬聲鬧山明雨氣晴奚囊知日富詩意更縱橫。

白露

白露團淸影新凉轉早秋年來長作客老去不禁愁。

萍溟集　卷之三　　十二

世故逢多難行裝費遠遊自然關百慮隨處賦登樓。

旅夜

野寺挑燈耿不眠故園西望意茫然秋天尚斷傳書

鴈炎海惟看點水鳶段㟁一年三變律桂輪千里六

回圓深更謨撫貂裘樊悔失經營負郭田。

夜

小雨收談徑歸雲斂海峯踈簾秋見月古寺夜鳴鍾。

心弱尋詩苦年衰向酒慵深更偏不寐窓外唈寒蛩。

江戶漫筆 二首

街上人肩匝地維汗珠成雨袵成帷穉兒學語猶橫

剡。美女當鑪惣畫眉。舊蹟尚傳徐福廟遺氓共祭秀

忠祠風謠向閭家採滻說年來武備嬉。

形勝名區次第過此身如得度恒河。江山處處堆金

碧庭院家家艷綺羅田土冀青皆上上甲兵秦楚更

多多桑弧自是男兒事。銅柱曾經馬伏波。

問

旅泊蠻鄉日。秋風更颯然。不禁愁伴客。便覺夜如年。

次龍洲用杜陵秋興八首韻。趙副使

古郭歸雲歛遙空片月懸。故園滄海外書札竟誰傳。

野寺蕭踈倚檻林暮山雲捲玉森森秋生梛巷蟬猶

津漯集　卷之三　　　十三

噪夜久筠窓月自陰。壯志不禁懷土念。馬卿偏惜倦

遊心寒夜節候知無幾愁絶巒鄕處處砧。

年紀蹉跎暮景斜殘骸傲兀鬂成華歸田未就淵明

賦扶病空乘博望槎北海淸霜凋玉節汴城寒夢攬

金筇殊方此日登樓處深愧江郎筆退花。

漫捲踈簾對落暉暮年偏覺宦情微會從滄海甘龍

卧悔向靑雲學鳥飛宇內風塵無日了世間蹤跡與

心違形骸土木俱銷盡未信商顏勝後肥。

世事年來若累碁萬方多難有餘悲干戈滿地仍今

日玉帛朝天更幾時遼塞草枯烏未白上林秋旱鴈

偏遲俶名不立身容老家國昇平秖夢思。

閱盡蓬萊海上山神仙宛見默存間男兒壯志來銅

柱暮景歸心入玉關愁裏頻看雲裏月客中偏揆鏡

中頻深憐旅館清宵夢日向金門趍曉班。

客窓連夜夢刁頭搖落江鄉又是秋積水長天朝暮

影㺜絲禪榻古今愁行藏漫似籠中鳥身世長慚海

上鷗脫得名韁醒亦可不須多事乞涼州。

處世慚無濟世功半生虛老路歧中還將衰髮千絲

雲來駕滄溟萬里風盃面瓊漿和露白岸頭山葉凌

霞紅入間倚伏聊隨分得失寧煩問塞翁。

坡山南畔水逶迤千頃琉璃似漾陂池面不無蟄雨

盖籬邊亦有傲霜枝十年天地山河變一別江湖歲

序移惆悵此身歸未得夢中蘿碧尙垂垂。

二十三日。發向日光山午憇。

澶漫長郊傍海涯岸回堤曲路逶迤吳松水落魚仍

蓺夢澤秋生稻欲垂芳草白雲連野徑綠杉蒼橋繞

村籬吾生行役偏多事。一望煙霞一詠詩。

二十四日。午憇新栗橋。

驛亭微雨不成泥芳草青莎送馬蹄幷絡絲聯江左

右松篁陰覆路高低晴虹百尺遙橫水塩舶千檣半

隱堤行役巳窮天地表世間鴻跡遍東西。

夕抵宇都宮

驛亭終日恟衝泥暝色迢迢意轉迷踈雨亂雲山遠

近斷橋欹岸水東西功名漸覺輕蟬翼行役空愁脫

馬蹄聊借竹床憑旅枕夜來秋氣漫懷懷。

宇都宮夜號

庭葉秋聲落沙村雨氣沉踈簾搖燭影寒砌咽蛩音。

久客愁誰語長途興易森寂寥蠻舘裏偏攬故園心。

日光山 三首

下野名區日域東二荒形勢歘爭雄寒山文字藤原

滓溟集　卷之三　　十五

筆覺路伽藍勝道宮仙鶴尚樓臨瀑社靈蛇會辦濟

川功龍鐘亦悟前身事今得玄珠罔象中。

天外仙山碧四圍雨餘靈鷲健如飛峯巒擁護輪王

宅雲錦縱橫織女機風送鳳簫聲縹緲日蒸金穴影

罪微平生九節盧敖杖走上丹梯一振衣。

一區形勝擅東南天末微茫碧似藍禪月法雲慈覺

寺。玉沙金地寂光菴瀧頭亂瀨千層瀑峯頂中涵十

里潭深笑杜陵會有恨此身今日得窮探。

日光寺

複嶂層巒一徑穿上方臺殿倚山巔天花作雨杉松

落佛日遙依薜荔懸經院暮雲猿學定講壇深夜虎

衆禪吾生宿障今堪脫擬與胡僧結淨緣。

贈大僧正南長老　時年一百三十餘歲

東來始入大羅天聞有長生不死仙歲序已周三甲

子容顔猶似舊丁年方瞳入夜縫霜柄健脚抛筇陟

翠巔堪恨此身塵累重却從沙界覔榮禪。

宇津宮有感

此日吾初度餘生已暮年桑弥眞自誤萍跡轉堪憐。

旅夜消三百鄉程隔六千遙知諸小弟應恨失團圓。

聞笛

芝湫集　卷之三　　十六

江城深夜笛。愁殺白頭翁。天地南溟外雲山北望中。

流光連蟋蟀寒雨落梧桐所愧同文木何須恨轉蓬。

次從事箱根湖韻

富岳延根紫翠酣劍鋩新淬出塵函龍門壓海蟠窮

陸鰲頂成孟貯碧潭靈泒定從銀漢落眞源長與霄

雲嵐坎離一竅何年鑿星斗遙光入夜潤天外莫論

雲夢九世間堪數楚江三睛波拭雨光欺練霽色浮

空影似藍潤及蘿煙靁作雨氣蒸莎徑噴成嵐轉區

時貼風雷盪吐納都將日月含地勢家高山半割涓

流不讓水偏貪極知凝湛深無底俯掇魚蝦勢不堪。

神物露形甹麗牡仙翁駐節羽毛鬖陰。漱蛟嚟應長

織幽窟驪珠孰可探長向石門開蜃市。更聞沙渚伏

砂龕吾生適會乘槎至勝境今因履險諳萬里已能

留馬跡十洲如得控鸞驂扶桑析木憑陵過玄圃开

丘仔細談畏路驅馳非歎北壯遊襟抱當圖南平臨

大澤千尋浪午壁青林數寸柑胸似滄溟吞浩浩。眼

如虓虎視眈眈惟憐太史今多病欲紀名區面發慚。

初六日還發江戶

一秋蠻舘苦凋顏今趂雞鳴穩出關天外靈槎當八

月客邊歸路是三山惟將忠信行蠻貊合有神明護

莘溟集　卷之三　十七

往還迢遞翩翩身似健馬蹄輕度海雲間。

夕次藤澤

碧海平沙外孤村亂水間林鳴風舞葉窓黑雨昏山。

自笑泥鴻跡今同野鶴還一年長在路郵免冀毛斑。

登箱根嶺絕頂

二氣冲融截海垠却從高頂撫星辰江河僅辨三條

絺區宇還同一聚塵列岫攢鋒森古劍亂流成瀑掛

脩紳吾生堪詫歸來路脚底風雲步步新。

夕次藤枝

一區華館橋成林三徑煙蘿紫翠深門外竹橋憐舞

渡水邊花榭憶曾臨秋生古巷槐陰薄簾捲層軒岳
色侵堞笑往來何所得白頭空苦覓詩心。

夕抵濱松

閑月重經此驛亭。征驂仍憩舊風櫳緣碪碧葉今微
赤。綴樹黃柑尚自青。日暮瘴雲還遠壑夜深蹤雨過
空庭燈前自笑人間跡身世飄飄水上萍。

仲秋次崗崎
漫占錄奉龍洲泥仙。

玉露霏空樹似煙水村涼月十分圓清秋佳節當三
五滄海歸程隔六千萬事暮年都已矣一樽良夜却
茫然廣寒高處寒應早南極心懸北斗邊。

涬溟集　卷之三

十八

崗崎仲秋夕口號

虛館沉沉鎖碧蘿忽看明月此宵多良辰縱飲非難
事浮世流光奈老何凉露下時風拂樹亂蟬吟虎葉
辭柯誰人更弄三聲笛遙夜多情和我歌

次洪長老仲秋韻

天捲纖雲特劾奇仙娥如自赴佳期金波亂皺當階
水玉葉微翩入戶枝千里歸心風外笛一樽清興盡
中詩吾主自有凌雲氣當日銀橋爾是誰

夕次大垣二首

縹緲樓居控碧岑鶺鴒啼處彩霞深城根招漾瀫漁浪

35

水野外微茫橋柚林更析夜閑千雉月寒衣秋擣萬
家砧水村年少翻塩井江市朝朝販白金。
隱隱叢林積翠間亭臺樓觀絶塵寰齊郊鳴吠連千
里楚國城池壯百蠻形勝有餘兼粟粒繁華無比更
雲山吾生百詑非凡骨天外仙區往復還。

二十日過信長城

高壘層臺已盡頹舊都喬木楚猿哀英雄覇業今蕭
索宮觀餘基遍草萊溪路日沉殘靄合野堤風急晚
潮回當時興廢俱如夢只有雲山四望開。

二十二日留倭京

滓溟集　卷之三　　　　　十九

野寺重遊地蠻鄉久客愁草蟲偏咽夜風葉巳驚秋。

雲海鄉關隔星霜歲色遒郍堪移眼頻自撫刀頭。

夕泊平方

旅棹依沙岸秋江澹晚晴渚煙迷極浦山葉隱層城。

瞑樹寒無影空灘乍有聲白鷗多意緒偏向掉邊迎。

二十七日曉發平方向大阪城。

水宿山行不計程旅帆催發趂難鳴順流西下仍忘

遠起視東方尚未明沙渚眠鷗驚掉過柳磯晴漲覺

道懷

潮生蓬窓靜聽無人話煙樹微分大阪城。

望裏怡顏處閑雲澹晚姿愁邊適意事穩字入新詩。

清夜還須飲歸期亦不遲遙知故園菊應有未開枝。

重題大板城

并吞割據揔成塵城郭猶傳舊攝津梅發難波香陣

陣水涵艶并碧漪漪帆墻夜遡平方月簫皷春愉住

言神形勝一州殊壯麗風煙今屬倦遊人。

初五日仍留攝津西本寺。

郵店秋風落征途碧海賒遙空無白鴈佳節負黃花。

夜坐復用前韻

世難身還累愁多髮已華何時辭俗務歸釣漢江槎。

澤演集　卷之三　二十

暮景仍迷轍殊方更問津。黃花如笑客。白髮故侵人。

身老詩情少。秋晴物色新。郵亭無可語。唯與短檠親。

又

身世愁中老。鄉山夢裏賒。清霜凋百草。旅鬢寄三花。

霧樹連秋影。風蓬閱歲華。征車宜早辦。門外繫星槎。

自河口夜行

悍索高張十幅蒲。更教風伯驅前驅。紅雲浸海波如

錦片月流空露似珠。萬里靈槎凌浩渺。十洲仙侶可

招呼。天容水氣虛明處。身世居然在玉壺。

夜泊兵庫

客帆深夜泊晴灣。漁火微明積水間。郵館唄啾蠻語

沸一城驚報客星還。

重九留室津二首

金風巳作十分涼。水國窮秋鴈羨行。四顧青山非故

國。一年佳節又重陽。龍山落帽渾無興。鯨海英槎更

望鄉客程不堪今日恨却將詩句答流光。

鴈下汀洲葉盡飛。野煙和雨細霏霏。江風有意侵烏

帽。蠻店無人送白衣。南紀謾驚新節序。東籬空想舊

即事六言二首

芳菲園翁溪友年年會回首滄波事事違。

莘滇集　卷之三　　　二十一

40

山氣淡糚濃沫村居翠竹蒼松。日落煙波渺渺。雲開
樓榭重重。

雲裏數聲邊鴈門前萬頃滄波月出征帆依岸風多
宿鳥移柯。

初十日仍留

簾幕沉沉倚晩晴。野磯潮落暝煙生。江風阻纜全無
信。霜月隨人倍有情。萬里客程天共遠。九秋物色夜
偏清。衰遲自切思鄉念。海外郵堪聽鴈聲。

遣懷

暮景長爲客危途患有身。光陰雙轉轂滄海四無隣。

卧病憐南菊登樓堂北辰。世情俱脱落。詩句尚清新。

極目秋天外。悲歌野水濱。年年重九會。懷舊一傷神。

夜泊津和

荻花楓葉徧沙洲浦口停橈聽夕流天濶鴈聲來遠

嶼夜深蠻語在孤舟。衰遲不棄人間事。漫浪偏成物

外遊仙界月明生逸興王簫聲徹海門秋。

十六日曉發津和

客程清夜一帆催千里三山取次廻天外莫愁浮海

去月中還得御風來狂呼玉兔求仙藥醉跨金鰲作

渡盃墮地牡遊男子事幾人今古到蓬萊。

萍澳集　卷之三　　二十二

42

朝到上關

千里長程瞥瞥催客星今傷九秋迴蓬窓捲箔青山
入蘆岸停橈白鳥來好是壯遊超汗漫不妨仙界蹔
徘徊依然物色供清興沙際黃花索笑開。

次泥仙登上關北樓韻

九秋今日亦良辰山菊凌霜月趁人復有樓居供絕
勝遂令詩意鬪清新長松密竹排丹壑彩霧間雲漾
碧津但使環珌騁望莫將詞賦效安仁。

舟中漫題

奉勑天東幹事回快帆今日過蓬萊連洲煙樹依微

43

道前路江山次第來萬頃風濤身尚健九秋雲物眼

偏開平生玉署絲綸手獨倚征篷舉酒盃。

夜泊一歧島

鴈來往煙波慣海鷗短髮謾添潘令恨長塗偏悔子

曾向津亭費苦留又從歸路繫行舟光陰客路驚萬霜

長遊堪知萬里封侯略不及漁樵守一丘。

二十六日。仍留一歧島。

渡口風偏惡天邊客未歸郵亭寒淰淰鄉路遠依依。

挂扠看鯨鬪憑軒數鴈飛深慚濟川楫連日繫沙磧。

二十七日夜還泊馬島。

涬溟集　卷之三　　二十三

江路籌燈點點明夜深還泊馬州城蠻童聚岸多知

面渚鳥迎船似有情南菊巳開今日淚萬松猶山舊

鍾聲朝來可望鄉開路老體堪知步步輕寺名。萬松島中

橋

金九初熟味偏佳筐籠年年貢玉階見說奇苞多產

楚更聞仙種未過淮芳名久播靈均頌義事曾傳陸

績懷可惜珍甘留此地孤根長托瘴江涯

枇杷

嘉木人間此最奇甘津如蜜露爲肌離離子結盧家

種樹樹香傳杜甫詩遍閱冰霜成夏熟不隨桃李娟

45

春姿天寒草木今搖落。可愛瓊葩獨滿枝。

夕抵鹿川

眼底煙波白沙邊酒幔青。渚雲低黯黯。山日落亭亭。

流序逢秋月。殊方久客星。悲歌南極外。垂老愧浮萍。

二十日夜

七月中旬夜孤城萬里身。開軒秋氣入携酒月華新。

暮景長爲客浮名謾誤人故園滄海外回首一沾巾。

西泊舟中夜占

沙際潮回一望平渚禽啼散悄無聲天低海濶雲千

片手轉參橫夜五更起向水程論遠近坐占詩句課

泮溟集　卷之三

二十四

陰晴深悴半世飛騰志投老空爲萬里行。

滓溪齋詩集卷之三

萍溟齋詩集卷之三

烏嶺次崔生韻巳下癸未東槎錄

羣峯郁可極流水不堪聞柱杖臨丹壑回頭望白雲
關防蟠地壯湖嶺隔山分病脚還忘倦登登巳夕曛

烏嶺道中

宿昔騎驢過今來杖節行更留新醉墨仍續舊題名

路險身猶健山奇眼倍明林泉看不厭縱轡陟崢嶸

次安東二首

坐撥寒灰氣未舒隔簾山木雨踈踈孤城盡角三更
後滄海前程萬里餘畏路形骸今尚在故園消息近

萍溟集　卷之三　　一

涬溟齋詩集 卷之三

행명재시집 권3

여기서부터 영인본을 인쇄한 부분입니다. 이 부분부터 보시기 바랍니다.

▮독서당고전교육원

2013년 9월 설립. (한국고전교육원 명의)

2015년 사단법인 인가. (독서당고전교육원 개명)

2014년부터 한학 장학생을 선발하여 사서삼경을 전독토록 하여 3명의 수료생을 배출함.

소재지는 성동구 왕십리로 20길 36-1 (☎ : 02-2291-8805)

통신사 사행록 번역총서 8

동사록

2018년 8월 14일 초판 1쇄 펴냄

지은이 윤순지
옮긴이 독서당고전교육원
기 획 허경진
펴낸이 김흥국
펴낸곳 보고사

책임편집 이순민
표지디자인 손정자

등록 1990년 12월 13일 제6-0429호
주소 경기도 파주시 회동길 337-15 보고사 2층
전화 031-955-9797(대표), 02-922-5120~1(편집), 02-922-2246(영업)
팩스 02-922-6990
메일 kanapub3@naver.com / bogosabooks@naver.com
http://www.bogosabooks.co.kr

ISBN 979-11-5516-817-2 94810
      979-11-5516-715-1 세트
ⓒ 독서당고전교육원, 2018

정가 16,000원